Maike Stüven

DIE KRAFT DER

GUTEN GEDANKEN

Teil 1

DER KRISTALL DER REINHEIT

www.tredition.de

© 2011 Maike Stüven

Umschlaggestaltung, Illustration: Maike Stüven

Verlag: tredition GmbH
Mittelweg 177, 20148 Hamburg

Printed in Germany

ISBN: 978-3-8424-2340-4

Bibliografische Information der Deutschen Nationalbibliothek: Die Deutsche Nationalbibliothek verzeichnet diese Publikation in der Deutschen Nationalbibliografie; detaillierte bibliografische Daten sind im Internet über http://dnb.d-nb.de abrufbar.

Widmung

Diese Erzählung
widme ich allen Menschen,
die immer wieder um gute Gedanken
bemüht sind und sich mit ihrem eigenen
inneren Kind gern auf Abenteuerreise begeben!

Inhalt

Ein Gedanke vorweg

Denn
die Nacht weicht
dem Tag,
die Stille
dem Gesang,
der Schlaf
dem Erwachen.

Da, wo es hell ist
gibt es kein Dunkel,
da, wo du Wärme spürst
keine Kälte,
wo sich der Mut zeigt
keine Furcht.

Dunkel, Kälte und Furcht
bestehen nur dort,
wo
Licht, Wärme und Mut
nicht sind.

Oft reicht ein Wort,
um zu verstehen,
oft reicht so wenig,
um soviel zu schaffen.

Fang an,
sei du selbst,
der Sonnenstrahl
in dem Meer
der Dunkelheit!

Aus dem Gedichtband: „Das Innerste berühren",
Maike Stüven, tredition Verlag, November 2010

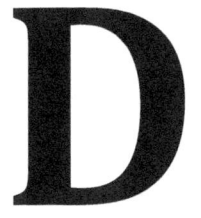as Volk der guten Gedanken

Blitzschnell schloss sich das Tor mit einem schnarrenden Geräusch hinter dem Jungen, kaum dass er hindurch gegangen war. Mit einem Ruck drehte er sich um und starrte zurück durch das Glas. Verzweifelt versuchte er, das Tor der Glaskuppel mit den Händen wieder aufzudrücken, doch nichts bewegte sich, es blieb fest verschlossen.

Er war gefangen! Viele hundert Meter in der Tiefe des Meeres, auf dem Meeresgrund. Das Tor war endgültig zu und ließ sich auch nicht durch heftiges Drücken öffnen. Philipp setzte seine ganze Körperkraft ein, doch es war umsonst.

Wie kann ich auch nur so blöd sein und diesem Delfin vertrauen, der sich als mein Freund ausgegeben hat? Ärgerlich stampfte er mit dem Fuß auf, bevor er sich selbst eingestehen musste, dass ihn längst ein Gefühl der Angst beschlichen hatte.

Verschwommen konnte er durch das Glas den Delfin wahrnehmen, der außerhalb mit ruhigen Bewegungen hin und her schwamm. Nun war die Entscheidung gefallen, er konnte nicht mehr zurück, das Tor hatte sich unwiederbringlich hinter ihm geschlossen.

Er verharrte noch einen Moment in seiner Angst, gab sich dann aber einen Ruck und wendete sich vom Tor ab. Jetzt blieb nur noch der Weg in das Innere der Glaskuppel. Zögerlich ging er auf den breiten Kiesweg zu, der sich vor ihm erstreckte und ihn geradezu einzuladen schien, ihn zu betreten.

„Na denn", murmelte er, eifrig darum bemüht, das mulmig, drückende Gefühl abzuschütteln. Langsam setzte er sich in Bewegung, jederzeit bereit, sofort zum Glastor zurück zu rennen.

Erst als er den Kiesweg betrat, fiel die Angst von ihm ab und er entdeckte links und rechts entlang des Weges hunderte wunderschöner hochgewachsener Bäume, die in allen Farbschattierungen zu leuchten schienen, einige sogar fast in Neonfarben. Neben den Bäumen, die bereits Herbstlaub in Braun- und Rottönen trugen, standen andere in zartgrünem Frühlingslaub. Selbst die Blumen, die zwischen den Stämmen wuchsen, blühten in allen nur vorstellbaren Farben. Eine Lilie stand neben einer Rose, eine Herbstaster blühte neben Schnee-glöckchen, dunkelroter Klatschmohn wuchs neben Winterfarn. Es schien hier überhaupt keine Jahres-zeiten zu geben, nachdem die Pflanzen ihr Wachstum ausrichteten, da sie alle gleichzeitig blühten.

Äußerst merkwürdig, schoss es ihm durch den Kopf. So etwas hatte er noch nie gesehen. Philipp blieb stehen und musterte die Farbenpracht.

„Eigentlich schön, all diese Farben zusammen", mur-melte er, ganz versunken in die Vielfalt der Farben. Da entdeckte er plötzlich all die kleinen Tiere, die sich un-ter den Büschen und Sträuchern tummelten. Vergnügt hüpften sie umher, ohne auf ihn zu achten. Angst schie-nen sie keine vor ihm zu haben, auch dann nicht, als er näher herantrat, um sie genauer zu beobachten. Sie waren so mit sich selbst beschäftigt, dass sie ihn gar nicht wahrnahmen.

Verwundert bemerkte der Junge, das alle Tiere in Eintracht mit- und nebeneinander lebten, Hasen neben Füchsen, Mäuse neben Eulen, Rehe neben Wölfen. Erstaunlicherweise taten sie sich gegenseitig nichts, keiner jagte oder wurde selbst gejagt. *Was werden wohl die Füchse fressen, wenn sie kein Fleisch bekommen? Die Nahrungskette muß doch eingehalten werden!* - er hatte im Biounterricht gerade die Tiere in den heimischen Wäldern durchgenommen und entsprechend anderes gelernt.

Plötzlich näherte sich zutraulich ein Fasan, blieb neben ihm stehen und rieb den zierlichen Kopf an seinem Bein. Vorsichtig streichelte der Junge das Tier und spürte, wie die zarten, flauschigen Kopffedern zwischen seinen Fingern hindurch glitten.

Ein wenig sonderbar war es hier schon, wenn er sich bewusst machte, dass er sich viele hundert Meter unter der Meeresoberfläche befand. Es war fast so, als ob hier eine zweite Welt unter einer Art Glaskuppel existierte. Allerdings schien sich die Natur hier nach anderen Gesetzen zu richten als auf der Erde. Jahreszeiten gab es hier wohl nicht, wenn er die gleichzeitig blühenden Pflanzen und Bäume betrachtete. Ebenso merkwürdig war das friedliche Nebeneinander von fleischfressenden Tieren und ihren Beutetieren, es schien darauf hinzudeuten, dass auch das Gesetz von fressen und gefressen werden hier keine Bedeutung hatte.

Philipps Ängste, hier vollkommen allein eine unheimlich anmutende, völlig fremde Welt zu betreten, hatten sich inzwischen gelegt. Die ganze Umgebung machte einen so friedlichen Eindruck, dass er sich fast wie Zuhause fühlen konnte.

Nein, stimmt nicht, korrigierte er sich, *ich fühle mich hier sogar noch wohler. Denn hier gibt es keinen Stress und keinen Streit.*

Während er darüber nachsann, streichelte er Gedanken verloren weiter über den Kopf des Fasans. Er fühlte hier etwas, das auf der Erde fehlte. Aber er konnte nicht sagen, was es war. Er konnte es einfach nicht in Worte fassen. Sein Gehirn versuchte es, aber es gelang ihm nicht. Angestrengt runzelte er die Stirn und versuchte es zu begreifen, doch wollten ihm die Worte nicht in den Sinn kommen. So verschob er sie achselzuckend auf später, trennte sich bedauernd von dem Fasan und ging weiter. *Irgendwo hier müssen doch die Freunde des Delfins sein. Nur wo?*

Philipp bereute bereits, sich bei dem Delfin nicht genauer nach ihnen erkundigt zu haben. Nach wem sollte er eigentlich suchen? Waren sie Mensch oder Tier? Oder vielleicht noch ganz andere Wesen? Ein kaltes Frösteln huschte erneut über seinen Rücken. Würden sie ihn ansprechen, wenn sie ihn entdeckten? Oder musste er auf sie zugehen und befragen? So entschloss er sich, einfach weiterzugehen, da sich die Antwort offenbar hier nicht finden ließ.

Nach einer Weile kam er in einen kleinen Ort. Auch hier schien alles anders als bei ihm Zuhause zu sein. Er brauchte einen Moment, um zu begreifen, was hier denn nicht stimmte. Die Häuser leuchteten in allen Farben - *so bunt würde bei uns keiner sein Haus streichen*, kommentierte sein Kopf - und die Häuser waren auf sehr merkwürdige Weise gebaut. Die Außenwände waren in sich gerundet oder gar schief und er sah eine Haustür, die sich im ersten Stock befand, obwohl von hier aus keine Treppe nach unten führte. Wie sollte man dort ins Haus kommen? Türmchenhäuser befanden sich neben unscheinbaren grauen Büroblöcken, die eckig und kalt in den Himmel ragten. Kamine mit hohen Schornsteinen standen einsam herum, ohne dass sie ein Haus erwärmten. Auch einzelnstehende Wände mit großen Türen, die, wenn sie geöffnet wurden, wieder ins Freie führten, konnte er entdecken.

Philipp schüttelte den Kopf über soviel unnütze Bauwerke. Alles wirkte so unfertig und wie zufällig zusammen gewürfelt. Er blieb stehen und betrachtete sie lange. Er suchte nach Erklärungen, doch es gab keine.

Da entdeckte er Menschen ganz in seiner Nähe. Schüchtern starrte er zu ihnen hinüber. Hatten sie ihn auch schon gesehen? Scheinbar nicht, denn keiner nahm von ihm wirklich Notiz. Sie liefen eilig hin und her und machten einen sehr beschäftigten Eindruck.

Philipp sah einer Frau nach, die ganz in seiner Nähe an ihm vorbei ging, ein bereits erwachsenes Kind an der Hand, das ihr bereitwillig folgte, aber noch in einem Strampelanzug steckte. Auch Geschäftsleute in grauen, zum Teil aber auch verrückten bunten Anzügen, die Füße mit Latschen oder Turnschuhen bekleidet oder gar barfüßig, gingen leise oder auch laut diskutierend an ihm vorüber. Auch sie beachteten ihn nicht und strebten einer bunt gestrichenen Wand zu, deren Tür weit offen stand und hinter der Wand wieder ins Freie führte. Andere Geschäftsleute tummelten sich auf einem Spielplatz, schaukelten oder balancierten mit ihren Aktentaschen auf den Köpfen auf einem Turngerät. *Was soll das alles und was machen die da bloß?* wunderte sich Philipp. *Spielen,* schoß es ihm durch den Kopf. *Müssen die nicht eigentlich an ihren Schreibtischen in ihren sterilen Bürotürmen sitzen und ihre Zahlen berechnen?*

An einem gelben Brunnen, der mitten auf einem großen Platz stand und seine Wasserfontäne in alle Richtungen spie, machte er halt. Niemand schien sich daran zu stören, dass er nass gespritzt wurde. Er betrachtete mehrere ältere Leute auf einer wackeligen, aus bunten Legosteinen zusammengesetzten Parkbank. Sie murmelten vor sich hin, zeigten mit ihren Fingern in alle Richtungen und versuchten sich gegenseitig etwas zu erklären. Doch keiner hörte dem anderen tatsächlich zu. Jeder war offenbar zu sehr mit sich selbst beschäftigt.

Die meisten Menschen, die ihm begegneten, waren jünger, es waren entweder Kinder oder junge Erwachsene. Die paar Alten auf der Bank bildeten die Ausnahme.

Wen von diesen Leuten sollte er hier nach den Freunden des Delfins fragen?

Eine Weile blieb er einfach nur stehen und schaute dem Treiben dieser seltsamen Personen zu. Bei genauerer Betrachtung beschlich ihn das Gefühl, dass trotz der überaus friedlichen Atmosphäre alle Menschen hier einen bedrückten Eindruck machten. Zwar lächelten sie und die Geschäftsleute sprangen munter herum, das Lächeln auf den Lippen aber erreichte nicht ihre Augen. Die Menschen wirkten niedergeschlagen und ihre Gesichter zeigten bei genauerer Betrachtung unruhige Besorgnis. Jeder tat, was er offenbar tun musste. Sie schienen einem festen Ritual zu folgen und nur eine Rolle zu spielen. Es ergab einfach keinen Sinn.

Der Junge wurde weder aufgehalten, noch danach gefragt, was er hier zu suchen hätte. Und obwohl er plötzlich von einer Gruppe äußert merkwürdig gekleideten Personen umringt war, wurde er völlig übersehen, als ob er überhaupt nicht existierte.

Unentschlossen blieb er erneut stehen. Was solle er nun tun, weitergehen oder doch besser umkehren? Diese Leute hier konnten nicht die Freunde des Delfins sein. Ansonsten wären sie auf ihn zugekommen, hätten ihn bemerkt und sich um ihn gekümmert! Wie konnte es sein, wenn er doch angeblich so dringend erwartet wurde?

Schließlich entschloss er sich dazu, einfach weiterzugehen. Er durchquerte den Ort und ließ die letzte kunterbunte Häuserreihe rasch hinter sich. Der Kiesweg führte ihn weiter, erneut durch einen Wald leuchtender Bäume, dann folgte eine steppenartige karge Landschaft, die fast übergangslos in eine saftige Wiesenlandschaft überging.

Unvermittelt stand er vor einer langen, von dunkelgrünen Alleebäumen gesäumten großzügigen Auffahrt, die zu einem prachtvollen Schloss empor führte. Staunend hielt er inne. Ihm fiel fast die Kinnlade hinunter, als er die Szenerie genauer in Augenschein nahm. Auch das Schloss sah nicht so aus, wie man sich ein Schloss gemeinhin vorstellte. Eine große Anzahl von in sich verdrehten Türmen in unterschiedlicher Größe zierten in bunten Farben rechts und links die Fassade. Irgendwie schienen sie auf und ab zu hüpfen fast wie spielende Kinder. Einige Fenster waren als Dreiecke gebaut, andere dagegen seltsam fünfeckig, wieder andere waren riesig hoch, verbreiterten sich erst V-förmig nach oben, bevor sie in einem runden Bogen endeten. Einige Fenster waren dagegen schmal und gleichzeitig breit, so als ob sich die Handwerker nicht auf eine einzige Form hatten einigen können. Eine ganze Wand schien sogar nur aus Glas zu bestehen und schimmerte rosafarben.

Philipp konnte sich gar nicht satt sehen an der Vielfalt der verschiedenen Elemente, aus denen sich das Schloss zusammensetzte. Ein Balkon, an dem sich dunkelgrüne Rankegewächse empor wanden, neigte sich gefährlich weit nach unten, von der Schloßwand weg, so dass er Angst bekam, dass der Balkon abbrechen müßte, wenn ihn jemand betrat.

Lange Zeit starrte Philipp gebannt auf das fantastische Schloss. Endlich riß er sich los, senkte den Blick und entdeckte direkt vor seinen Füßen einen roten Läufer, der sich hoch bis zu den prächtigen Türen des Schlosses erstreckte. Der Teppich schien ihn förmlich einzuladen, ihn zu betreten. Und kaum stand Philipp mit beiden Füßen darauf, da begannen sich seine Beine wie von selbst in Bewegung zu setzen und auf die große Treppe zuzugehen, die bis hinauf zum Eingang des Schlosses führte. Jetzt endlich begannen die Leute, die hier überall herumstanden, ihn wahrzunehmen, denn sie unterbrachen ihre Gespräche, drehten sich zu ihm um und starrten ihn unverhohlen an.

„Wie heißt dieser Ort hier?" fragte er im Vorüberge-hen, doch bekam er keine Antwort. Die Personen lä-chelten ihm lediglich freundlich zu, nickten und zeigten auf das Schloss.

So betrat er schließlich durch die gewaltigen Türen das Schloss und folgte ohne Zögern einem weiteren Tep-pich, der die Eingangstreppe bis nach oben in den ers-ten Stock bedeckte. Die riesigen unebenen Stufen, die er fast erklettern musste, schienen sich endlos vor ihm aufzutürmen, so als ob sie ihn daran hindern wollten, nach oben zu gelangen. Kaum hatte er die nächste be-zwungen, in der Vorfreude, gleich oben angekommen zu sein, da türmte sich bereits die nächste Stufe als Hindernis vor ihm auf.

Philipp stöhnte und die Muskeln in seinen Beinen be-gannen zu schmerzen. Er blieb stehen, verschnaufte einen Moment und sah zurück. Erstaunlicherweise la-gen hinter ihm weit weniger Stufen als er angenommen hatte nach all der Anstrengung.

Was geht hier vor? Wer will mich hier zum Narren hal-ten? Ich bin doch kein Bergsteiger! Was verlangen denn diese angeblichen Freunde von mir? Und ich dachte, sie erwarten mich so dringend?

Leicht verärgert holte er tief Luft, drehte sich um und widmete sich wieder ganz der vor ihm liegenden nächs-ten Stufe. Wer auch immer es war, der ihn daran hin-dern wollte nach oben zu gelangen, hatte sich gründlich in ihm getäuscht, so schnell gab er nicht auf. Entschlos-sen nahm er sich die nächste Stufe vor. Und dann, überraschend schnell, stand er im ersten Stock.

Ein weiter hoher Flur erwartete ihn. Beeindruckt betrachtete er die Gemälde, die die Wände zu beiden Seiten des Ganges zierten. Die Rahmen erinnerten ihn an die Fenster des Schlosses. Entweder waren hier Stümper am Werke gewesen, die nichts von ihrem Handwerk verstanden, denn die Seiten der Rahmen waren sämtlich unsymmetrisch zusammengefügt worden, oder es war so gewollt, dann allerdings musste man anerkennen, dass im Rahmenbau viel Fantasie steckte. Die Bilder selbst waren sehr bunt, doch gleichzeitig auch merkwürdig. Inzwischen hatte sich Philipp an das farbige Aussehen der Bewohner und ihrer Häuser gewöhnt, doch das, was er hier auf den Bildern zu sehen bekam, übertraf alles andere bei weitem: Neben ganz absonderlichen Frisuren, die die Köpfe der Damen zierten, zum Beispiel zu drei Türmen hochgesteckte schwarzlila Haare oder blaue, nach allen Richtungen zeigende Ringellocken trugen die Frauen steife, mit allerlei Löchern versehene Kragen, durch die die blasse Haut hindurch schimmerte. Und die Kleider waren verrückter als man sie sich vorstellen konnte. Daneben wirkten die Herren auf den Gemälden fast farblos und trist.

So in den Anblick der Bilder vertieft, bemerkte er den mit einer hübschen bunten Livree bekleideten Diener nicht, der geduldig darauf wartete, von ihm wahrgenommen zu werden. Erst als der bunt Livrierte sich dezent neben ihm räusperte, schaute Philipp hoch.

Elegant verneigte sich der Diener und wies wortlos, mit einer fließenden Armbewegung auf eine noch viel prunkvollere Tür. Philipp folgte der stummen Aufforderung und betrat einen prachtvoll ausgestatteten Saal. Er war so groß, dass bestimmt zwei Fußballfelder mühelos in ihn hinein gepaßt hätten, schätzte er.

Ganz am anderen Ende standen drei Stufen erhöht zwei hohe Sessel, auf denen würdevoll zwei Personen saßen. Eine von ihnen winkte ihm freundlich zu und Philipp deutete diese Geste als Einladung, näher zu kommen.

Hier im Saal, links und rechts entlang des roten Teppichs standen weitaus mehr Personen, als er unterwegs gesehen hatte. Genau wie alle anderen waren auch sie fantasievoll gekleidet, wenn man es so nennen wollte, zum Teil nach seiner Meinung aber auch etwas zu geschmacklos oder gar ärmlich, andere dagegen höchst modern und fast zeitgemäß, wie er nebenbei im Vorübergehen registrierte. Dicht zusammen gedrängt säumten sie seinen Weg auf die beiden am Ende des riesigen Saales sitzenden Personen zu. Ihre Blicke nahmen jede einzelne seiner Bewegungen auf, als er langsam auf die zwei Sitzenden zuging. Philipp hörte ihr leises Murmeln, doch verstand er nichts von dem, was gesprochen wurde. So konzentrierte er sich ganz darauf, endlich die prunkvollen in rosa und hellgrün gehaltenen Sessel zu erreichen. Er vermutete, dass dort die eigentlichen Freunde des Delphins saßen und ihn erwarteten. So beeilte er sich jetzt, schneller voranzukommen. Doch eigenartiger Weise kam er ihnen jetzt nicht wirklich näher. Ganz im Gegenteil, je schneller er ging, desto weiter rückten sie in die Ferne. War das wieder so ein verrücktes Spiel, ähnlich wie vorhin auf der Treppe? Er stöhnte ergeben und verfiel wieder in seinen alten langsamen Schritt. Sofort war der Spuk vorbei und er kam gut voran.

Seltsam, das Ganze hier, ging es ihm durch den Kopf. *Wenn ich mich beeile, scheint alles wesentlich länger zu dauern! Bei uns ist es umgekehrt. Irgendetwas musste hier bedeutend anders sein!*

Und plötzlich fiel ihm die Zeit ein. Wie lange war er schon unterwegs? Die Worte seiner Mutter klangen mahnend in seinen Ohren, rechtzeitig am Abend wieder Zuhause zu sein.

Soviel war bereits geschehen, all die neuen Eindrücke hatten sein Zeitgefühl völlig außer Kraft gesetzt. Es mussten mindestens schon drei Tage vergangen sein, seitdem er an den Strand gegangen war. Er beschloss, sich jetzt nicht weiter mit diesem Thema zu beschäftigen, war er doch stehen geblieben und hatte in seine Gedanken versunken auf den roten Teppich unter seinen Füßen gestarrt. So hob er den Kopf, schüttelte alle Bedenken ab und setzte sich wieder in Bewegung. Bereits nach wenigen Schritten stand er vor den offenbar wichtigen Persönlichkeiten, die ihm erwartungsvoll entgegen sahen.

Vor ihm saßen ein Mann und eine Frau, sie rechts auf dem rosafarbenen, er auf der linken Seite auf einem hellgrünen Thron. Philipp deutete eine leichte Verbeugung an, denn er nahm an, dass die beiden das Herrscherpaar dieses eigentümlichen Volkes sein mussten. *Vielleicht sind sie sogar König und Königin,* ging es ihm durch den Kopf und er wurde ganz verlegen, denn solchen königlichen Herrschaften war er in seinem ganzen Leben bisher noch nicht begegnet.

Der Mann, sehr prächtig gekleidet, nickte ihm wohlwollend zu und deutete ein Lächeln an. Die Frau dagegen erhob sich von ihrem Sitz, machte zwei schnelle Schritte auf ihn zu und streckte ihm ihre Hand entgegen. Philipp stieg die drei Stufen hoch, ergriff sie und drückte sie leicht. Von ihrer Hand ging eine wunderbare Wärme aus, die in seinem ganzen Körper ein angenehmes, wohliges Kribbeln hervorrief.

Plötzlich wurde ihm bewusst, wie zart und durchsichtig alle Gestalten waren, obwohl sie gleichzeitig eine enorme Kraft auszustrahlen schienen. Alles hier war so widersprüchlich und nicht wirklich einzuordnen. Er konnte zwar nicht direkt durch die Frau hindurch sehen und doch schien es genauso zu sein. Nahm er doch, wenn er sie scharf ansah, die großen Wandbehänge wahr, die hinter ihr an der Wand hingen. Er konnte sogar die Figuren auf den Gobelins genau erkennen, die an einem Wasserfall lagerten und offenbar gerade ein Picknick veranstalteten. Und irgendwie schienen sie sich auch noch zu bewegen, wenn er sie nur lange genug anstarrte.

Schnell ließ er die Hand wieder los, fuhr sich über die Augen, schloss sie und meinte, dass er sich täuschen müsse und sein Gehirn ihm gerade einen Streich spielte.

Doch als er die Augen wieder öffnete, war alles so geblieben, nichts hatte sich verändert, die Leute wirkten noch immer so, als ob man durch sie fast hindurch sehen konnte. Außerdem war da noch das zarte Licht, dass jede dieser Gestalten umgab, wodurch die Gesichter einen schimmernden Glanz erhielten.

Die Frau lächelte ihn die ganze Zeit über freundlich zu und wurde nicht im Mindesten ungeduldig. Sie war schön, fand er, sogar sehr schön. Die großen blauen Augen sahen ihn forschend an, die kleine, gerade Nase ließ Energie und Durchsetzungsvermögen vermuten und ihr energischer Mund, der immer noch lächelte, rundete das Bild vollkommen ab. Umgeben von einer blonden lockigen Haarpracht, wirkte das Gesicht zart und engelsgleich. Ihr hellblaues, eher schlichtes Kleid war vornehm und stilvoll und unterschied sich damit wohltuend von dem schrill bunten Aussehen ihrer Untertanen.

Erst nach einer ganzen Weile bemerkte Philipp, dass er wieder ihre Hand ergriffen hatte und sie in seiner hielt. Da wurde ihm bewusst, dass man auf diese Weise höchst wahrscheinlich nicht mit so hochstehenden Personen verfuhr und etwas verlegen ließ er die Hand der Frau schnell wieder los.

Die junge Frau winkte mit einer kurzen Handbewegung einen der Diener herbei, der sofort einen bequemen Stuhl für Philipp herbei trug. Philipp setzte sich, nachdem auch die junge Frau wieder Platz genommen hatte. Erst jetzt bemerkte er, wie hungrig er war. Es fiel ihm ein, dass er Zuhause nicht mehr Mittag gegessen hatte, um schneller an den Strand zu gelangen. Sein Magen knurrte laut und vernehmlich und er wünschte sich, jetzt ein großes Stück Himbeertorte mit viel, sehr viel Schlagsahne essen zu können und zum Trinken ein großes Glas Orangensaft. Kaum hatte er diese Gedanken beendet, als schon ein zweiter Diener mit dem

Gewünschten herbeieilte und es vor ihm auf einem kleinen Tischchen abstellte.

Der Mann auf dem grünen Thron neben der schönen jungen Frau nickte Philipp auffordernd zu und der Junge begann, ohne zu zögern zu essen. Es schmeckte ausgezeichnet, doch als das Tortenstück in seinem Magen verschwunden war, stellte er fest, dass er leider immer noch hungrig war. Im Geiste sah er ein großes Stück Schokoladenkuchen vor sich, gefüllt mit leckeren Bananen, so wie ihn seine Mutter immer zu seinem Geburtstag herstellte. Kaum hatte sich der Gedanke in seinem Kopf geformt, da stand auch schon der Schokoladenkuchen direkt vor seiner Nase. Er duftete köstlich nach Bananen und dampfte noch leicht von der Ofenwärme.

Das klappt ja wie am Schnürchen, freute sich Philipp und ließ es sich weiter bestens schmecken.

Während er aß, achtete er nicht auf seine Umgebung. So ins Essen vertieft, bemerkte er nicht, dass keiner der Anwesenden mehr sprach, sondern ihm alle gebannt zusahen.

Wenn das immer so geht, dann könnte ich glatt ein bißchen länger hier bleiben, seufzte er wohlig.

„Genau das wünschen wir uns, dich als Gast in unserem Königreich für eine Weile begrüßen zu dürfen, Philipp. Doch zuvor hätten wir noch eine sehr große Bitte an dich", beantwortete der Mann auf dem Thron würdevoll Philipps Gedankengang.

Der Junge hatte also recht behalten mit seiner Vermutung, dass vor ihm ein König und eine Königin saßen. Doch woher wusste der König von seinen Gedanken? Hatte er sie etwa laut geäußert?

Er sah dem Mann fragend ins Gesicht. Und woher kannte er seinen Namen?

Abgelenkt vom Äußeren des Mannes unterzog Philipp ihn einer genauen Musterung. Der König sah ganz so aus, wie er sich immer in den Geschichten, die seine Mutter ihm vor Jahren erzählt hatte, einen König vorgestellt hatte. Er trug einen kurzen, leicht gewellten braunen Bart und mit etwas dunklerem, lockigem Haar. Erst jetzt fiel Philipp auf, dass er auch eine Art Krone trug, wenn auch eine sehr kleine, die in den Haaren kaum zu sehen war. Seine hellbraunen Augen wirkten gütig, die lange Nase majestätisch und der schöne Mund lächelte ihn freundlich an. Allerdings war er deutlich älter als die Königin, das sah man sofort an den vielen kleinen Falten, die sich durch sein Gesicht zogen.

Er trug einen nachtblauen Umhang, auf denen Tausende von kleinen goldenen Sternen glitzerten. Darunter entdeckte Philipp ein weißes Rüschenhemd. Über dem Hemd wurde eine ebenso nachtblaue, enge Weste sichtbar. Seine Beine steckten in altmodischen weiten Kniebundhosen, die einen Eindruck von vergangener Pracht vermittelten, ebenso wie die Kniestrümpfe und die hellbraunen Schnabelschuhe an seinen Füßen. Auf der rechten Hand steckte ein wunderschöner goldener Ring, in dessen Mitte ein blauer Kristall aufblitzte, sobald der König die Hand bewegte.

Als der König seine Rede fortsetzte, wurde Philipp aus seiner Betrachtung gerissen.

„Du wunderst dich, dass wir dir sogleich das bringen, was du dir gerade in deinen Gedanken vorstellst. Und dass wir deine Gedanken verstehen, ohne dass du sie laut aussprichst. Das, lieber Philipp, hat einen besonderen Grund.

Du befindest dich hier im Reich der guten Gedanken, die jeden Wunsch sofort lesen können, ohne dass er laut ausgesprochen wird. Das ist bei uns vollkommen normal, sozusagen an der Tagesordnung.

Wir sind überaus froh, dass du mit Hilfe unseres gemeinsamen Freundes, dem Delfin, den Weg zu uns gefunden hast."

Da muss ich ja sehr aufpassen, was mir gerade durch den Kopf geht, dachte Philipp und seine Wangen verfärbten sich im gleichen Moment rot vor Verlegenheit, denn diese Gedanken konnte der König ja ebenfalls sofort erfassen. All seine Gedanken, Vermutungen und Gefühle konnten diese Wesen hier offenbar wie in einem aufgeschlagenen Buch augenblicklich lesen.

Der König lächelte nur freundlich, ihm schienen Philipps Gedanken zu gefallen. Doch schließlich wurde sein Gesicht ernst und er meinte:

„Wie du richtig vermutest, wurden meine Frau und ich hier als Königin und König eingesetzt und wir tragen die Verantwortung für alles, was innerhalb unseres Reiches der guten Gedanken, aber auch draußen mit und durch gute Gedanken geschieht. Fürchte dich nicht, deine Gedanken so zu denken, wie du sie denken möchtest. Es gibt kaum etwas, womit du uns verletzen oder gar beleidigen kannst, es sei denn, du wünschst uns gezielt etwas wirklich Böses. Doch wir wissen, dass du so etwas nicht tun wirst!

Es freut uns, dass es dir so gut bei uns geschmeckt hat. Wir wissen, dass du dich jetzt richtig satt fühlst, dein

Bauch ist bis oben gefüllt. Übrigens brauchst du dir keine Sorgen zu machen, dass dir von der ganzen Sahne, die du gegessen hast, schlecht wird. Sie wird dir gut bekommen. Du kannst dich auf mein Wort verlassen!"

Über das Gesicht des Königs huschte ein vergnügtes Lächeln.

„Wenn du erlaubst, möchten wir dir jetzt gern unsere Geschichte erzählen."

Philipp nickte zustimmend. Erfuhr er jetzt endlich den Grund, weswegen er hier war?

„Ja, das wirst du. Bitte höre aufmerksam zu, denn das ist für uns von allergrößter Wichtigkeit."

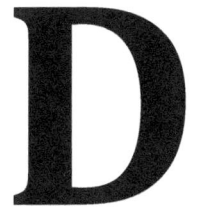ie richtige Entscheidung

Mit ernster Stimme begann der König zu erzählen. Während er sprach spürte Philipp den Kummer in seinen Worten. Er bemerkte, wie das traurige Gefühl des Königs in seinem eigenen Herzen widerhallte. Und plötzlich wusste er, dass es gerade dieser Schmerz war, der über dem ganzen Volk der guten Gedanken lag und wie ein grauer fester Nebel die wunderbare Atmosphäre in ihrem Reich verdunkelte.

„Unser Volk ist anders als ihr Menschen auf der Erde", begann der König. „Wie du schon bemerkt hast, sind unsere Körper fast durchsichtig. Der Schimmer, den du bei uns wahrnimmst, war vor vielen, vielen Jahren sehr viel kräftiger und intensiver. Er zeigt das Positive an uns. Aber seit uns der Kristall der Reinheit gestohlen wurde, hat sich leider in unserem Reich vieles zum Schlechten verändert."

Der König seufzte tief und seine Untertanen seufzten mit ihm. Er schwieg einen Moment und war bemüht, sich wieder zu fassen, bevor er weiter sprechen konnte: „Wie du nun erfahren hast und es an deinen eigenen Gedanken bemerken konntest, Philipp, können wir die Gedanken der Menschen lesen. Du brauchst keinen deiner Gedanken auszusprechen, denn wir hören dich, ohne dass du sie aussprichst. Denn wir *sind* die guten Gedanken, die die Menschen denken!"

Ihr seid die Gedanken der Menschen und damit wirklich so existent, dass ich euch sehen kann?

Anfangs wollte diese Vorstellung nicht so recht in seinem Kopf ankommen, doch dann fielen ihm seine Tortenwünsche wieder ein.

Und plötzlich verstand er, weshalb der Ort, durch den er gekommen war, so eigenartig gestaltet war, weswegen alle Häuser so seltsam gebaut worden waren, die einzelnen Wände, bei denen man durch eine Tür wieder ins Freie hinaustrat, die abstrusen, unterschiedlichen Bauweisen der Häuser und all die fantasievoll gekleideten Personen – zum Beispiel die verrückt angezogenen Geschäftsleute mit Turnschuhen oder bequemen Sandalen - dass alles waren die Gedanken der Menschen, wie sie sich die Dinge wünschten und vorstellten. Und die einzelnen Mauern, durch die man durch eine Tür wieder ins Freie trat, waren Gedanken und Ideen, die aus irgendeinem Grund nicht zu Ende gedacht worden und somit unvollendet geblieben waren.

Das gleiche musste natürlich auch für dieses Schloss gelten, das vermutlich von vielen unterschiedlichen Denkern gedacht worden war. Jeder hatte andere Vorstellungen von einem Schloss und seiner Bauweise und so gab es hier nicht Millionen unterschiedlicher Bauten, sondern offenbar nur dieses einzige, in dem sich viele Ideen zu diesem einem Bauwerk vereint hatten. War es möglich, dass vielleicht jetzt gedachte Gedanken das Schloss erneut veränderten? Vielleicht gerade jetzt, in diesem Moment?

„Ja, ganz recht, deine Schlussfolgerungen sind richtig, Philipp, du begreifst schnell, wo du dich befindest und was hier geschieht.

Wir gehören zum Volk der Gedanken, aber - und das ist das Besondere, zu uns kommen eigentlich nur *gute* Gedanken, die von den Menschen gedacht werden. Alle schlechten, bösen Gedanken und Wünsche haben ein anderes Ziel. Und wenn sich einmal doch ein schlechter Gedanke zu uns verirrt, dann bringen ..., nein, brachten ...", verbesserte sich der König - „wir ihn zu unserem wunderbaren Kristall der Reinheit, der das Schlechte aus dem Gedanken herausfilterte, ihn also reinigte, und ihm anschließend die Kraft eines guten Gedanken verlieh.

Aber seit uns unser Kristall der Reinheit gestohlen wurde, können wir die bösen Gedanken nicht mehr verwandeln und sie beginnen, das Gute, das hier Zuhause ist, einzutrüben. Dadurch wird unsere eigene positive Kraft von Jahr zu Jahr schwächer. Daher nimmt auch das Leuchten auf unserer Haut ab und wir beginnen uns sogar auch schon von Zeit zu Zeit zu streiten. Das hätte früher niemals geschehen können.

Und wenn das so weiter geht, dauert es nicht mehr lange und all die gedachten guten Gedanken werden den Weg zu uns nicht mehr finden, denn wir selbst verändern uns zum Schlechten durch jeden negativen oder hässlichen Gedanken, der sich hierher verirrt und nicht mehr gereinigt und verwandelt werden kann.

Der Tag ist nicht mehr weit, an dem nur noch die bösen Gedanken zu uns finden und dann wird es das Volk der guten Gedanken bald nicht mehr geben."

Der König schwieg und blickte traurig in die Runde. Die Königin hatte Tränen in den Augen und sah bittend zu Philipp hinüber.

„Inzwischen nun sind schon so viele Jahre vergangen, seitdem uns der Kristall der Reinheit verloren ging und noch immer hoffen wir, dass eines Tages ein Wunder geschehen wird und wir den Kristall der Reinheit zurückbekommen. Aber unsere Hoffnung schwindet von Tag zu Tag mehr..."

„Wisst ihr denn, *wer* euren Kristall der Reinheit gestohlen hat?", unterbrach Philipp ihn.

„Wir gehen davon aus, dass er sich nun im Reich der bösen Gedanken befindet. Vorüberschwimmende Fische gaben uns Kunde davon, dass es seit längerer Zeit bei dem Volk der bösen Gedanken heller wird. Also vermuten wir, dass sich unser Kristall der Reinheit dort befinden muss. Denn ansonsten ist es bei ihnen dunkel und sehr unheimlich", beantwortete die Königin der guten Gedanken Philipps Frage mit Trauer in der Stimme.

„Warum schickt ihr nicht einige von euch dorthin und holt den Kristall der Reinheit einfach wieder zurück?", fragte Philipp erstaunt.

„Das ist leider nicht so leicht, wie du es dir vorstellst. Wir würden es gerne tun, aber wir können unser Land nicht mehr lange genug verlassen. Nur für kurze Zeit können wir noch außerhalb unserer Kuppel bestehen. Es gibt heute zu viele schlechte Gedanken, die uns dort treffen können und damit unsere ganze Kraft zerstören. Daher müssen wir einfach hier in unserem Reich bleiben - Früher hätten wir wesentlich länger außerhalb verweilen können, da die bösen Gedanken damals sofort zum Kristall der Reinheit geleitet wurden, ohne dass sie uns hätten zerstören können.

Und es kommt noch etwas dazu. Unsere Anzahl verändert sich gleichzeitig mit dem Verhalten der Menschen. Seit bei euch Radio, Fernsehen und Computer erfunden wurden neben all den vielen Zeitschriften, die es heute gibt und ganz besonders auch die viele Werbung, die soviel verspricht und so wenig hält, haben sich die guten Gedanken in der Welt stark verringert. Und dadurch, dass die vielen negativen Gedanken tausendmal verstärkt um die ganze Erde wandern, werden sie mit jedem Mal kraftvoller und mächtiger. Und da im Fernsehen soviel gezeigt wird, das brutal, schlecht oder böse ist, und die Menschen unbedingt immer die vielen Katastrophen, die in der ganzen Welt geschehen, sehen und lesen wollen, treten die guten Gedanken mehr und mehr in den Hintergrund. Und dazu kommt nun noch, dass uns der Kristall der Reinheit fehlt, um die bösen Gedanken zumindest hier zu verwandeln und als gute Gedanken wieder in die Welt zu senden."

Der König der guten Gedanken schwieg erschöpft und Philipp begann zu begreifen, worum ihn das Königspaar wohl bitten wollte.

„Ja richtig, du verstehst uns genau, lieber Philipp, wir wollen dich bitten, für uns ins Reich der bösen Gedanken zu gehen und den Kristall der Reinheit zu uns zurückzubringen. Lange zögerten wir, einen Menschen darum zu bitten, aber wir haben keine andere Wahl mehr."

Der König schwieg erneut und blickte Philipp ernst in die Augen.

„Und jetzt fragst du dich, warum wir gerade *dich* ausgewählt haben für diese Aufgabe? Nun, das hat einen einfachen Grund: Einen Erwachsenen können wir nicht fragen, denn der kann uns im Allgemeinen gar nicht mehr wahrnehmen. Nur Kinder und vielleicht noch wenige Erwachsene, die sich ihre Kindlichkeit tief drinnen im Herzen noch bewahrt haben, können uns so bemerken. Die anderen Erwachsenen können und wollen uns leider nicht mehr erkennen. Sie glauben nicht, dass es uns gibt, da für sie Gedanken nicht fassbar sind. Sie meinen, sobald ihre Gedanken gedacht, gewünscht oder ausgesprochen sind, gibt es sie bereits nicht mehr, so wie der Klang eines Instrumentes, wenn es verstummt. Aber wir sind wie kleine Steinchen, die jemand ins Wasser wirft, sie setzen das Wasser in Bewegung. Das kannst du an den kleinen, sich im Wasser ausbreiteten Ringen erkennen, während der Stein immer tiefer sinkt. Daher ist es schwierig, einen Erwachsenen zu finden, der noch an uns glaubt und uns wahrnimmt oder wahrnehmen will. Sein Geist diktiert ihm, dass es uns nicht gibt oder geben kann. Gedanken sind wie Schall und Rauch und daher verschwunden, sobald sie gedacht wurden. Eine bleibende Existenz wird uns nicht zugebilligt.

Und da die Zeit drängt, haben wir uns für ein Kind entschieden. Aber es kann nicht irgendein Kind sein. Das Kind muss viel Kraft besitzen und ein gesundes Selbstvertrauen haben, denn die Aufgabe, die es für uns erfüllen soll, ist nicht unbedingt leicht.

Daher haben wir unseren Freund, den Delfin, gebeten, für uns in der Welt der Menschen ein Kind zu suchen - und er fand dich. Er hat uns berichtet, dass dein erster

Ausflug mit ihm auch für ihn ein wunderbares Erlebnis war, denn deine Gedanken sind gut und voller Kraft.

Du hast dich getraut, mit ihm im Meer zu schwimmen, nachdem er dich dazu aufgefordert hatte. Du hast ihn nicht geärgert - an seinen Flossen gezogen oder ihn gezwickt oder gekniffen, wie Kinder es oft tun, um auszuprobieren, was sich ein Tier alles gefallen lässt. Du warst freundlich zu ihm, bist ihm mit Respekt begegnet und hast dich am Ende auch noch für den Ausflug bedankt.

Das hat uns sehr gefallen. Daher baten wir den Delfin, dich bei eurer nächsten Begegnung zu uns zu bringen, damit wir dir unsere Bitte vortragen können. Und auch wir haben inzwischen deine Gedanken geprüft. Das konnten wir in der Zeit tun, die du brauchtest, um unser Reich zu durchqueren und während du deinen Hunger gestillt hast. Und mit dem Ergebnis sind wir sehr zufrieden."

Der König der guten Gedanken lächelte gewinnend.

„Aber auch wenn ich mich entschließen würde, euch zu helfen, so fehlt mir doch die Zeit dazu. Ich muss heute unbedingt wieder zurück nach Hause und außerdem warten da noch meine Schularbeiten auf mich. Ich habe meiner Mutter versprochen, spätestens zum Abendessen zurück zu sein, " entgegnete Philipp.

„Ja, das wissen wir. Aber die Zeit, wie ihr sie in eurer Welt erlebt, verläuft hier, in der Gedankenwelt, anders", erklärte der König. „Was in deiner Welt eine Stunde bedeutet, kann hier ein ganzer Tag sein oder noch länger. Du brauchst dir also wegen deiner Zeit keine Sorgen zu machen, du wirst rechtzeitig zurück sein, so wie du es versprochen hast. Und auch für deine Schularbeiten finden wir eine Lösung.

Doch bevor du eine Entscheidung triffst, muss ich dir noch einiges erklären. Es ist wichtig, dass du davon vorher Kenntnis hast."

Der König der guten Gedanken schwieg einen Moment und setzte sich auf seinem Thron zurecht. Dann konzentrierte er sich auf das, was er Philipp zu sagen hatte, schaute zu dem Jungen hinüber und begann:

„In der Welt der bösen Gedanken kann es sehr gefährlich sein. Du brauchst viel Zutrauen zu dir, um dort zu bestehen. Die bösen Gedanken werden versuchen, dir möglichst viele ihrer negativen Kraft zu schicken. Diese Gedanken haben den Auftrag, dir Angst zu machen und dich so stark zu erschrecken, dass diese Angst dich von deiner Aufgabe abhält. In jedem Fall werden sie versuchen, dich zur Umkehr und Aufgabe zu zwingen.

Aber die weitaus größere Gefahr besteht darin, dass sie dich verführen könnten, dir vorspielen, wie schön es ist, wenn du selber Böses denkst und wie einfach dann das Leben in der Welt der Menschen später für dich sein wird. Du darfst auf keinen Fall, hörst du, wirklich auf gar keinen Fall darauf hereinfallen, sonst bist du verloren! Sobald sie sicher sind, dass du auf ihre Seite wechselst, werden sie dir ihr wahres Gesicht zeigen, dich verhöhnen und dir auch deine letzte gute Kraft aus dem Herzen ziehen."

Philipp zog es alles zusammen, wenn er sich vorstellte, dass ihm genau das geschehen könnte.

„Aber gegen all ihre Angriffe gibt es eine wunderbare Antwort: Die Kraft deiner positiven Gedanken. Wenn du immer deiner eigenen Stärke vertraust, können sie dir nichts, aber auch wirklich gar nichts anhaben. Sie werden sich zurückziehen, vielleicht sogar Angst vor dir bekommen und Sorge haben, dass es vielleicht d*ir* gelingen könnte, *sie* ins Gute zu verwandeln.

Also vertraue dir selbst und der Kraft deiner guten Gedanken. Wenn du selbst keine Angst hast, kann dir nichts passieren!

Du siehst, es ist wirklich keine leichte Aufgabe, um die wir dich bitten", setzte der König der guten Gedanken nach kurzer Pause bedeutungsvoll hinzu.

„Überleg es dir gut. Und wenn du meinst, du willst oder kannst diese Aufgabe nicht übernehmen, so wird dich der Delfin wieder zurück in deine eigene Welt bringen und du brauchst uns gegenüber kein schlechtes Gewissen zu haben. Es liegt ganz in deiner eigenen, freien Entscheidung, keiner kann oder wird dich zwingen etwas zu tun, was du von dir aus nicht tun willst."

Philipp musste das Gesagte erst einmal vollständig verdauen. Hatte er richtig verstanden, dass es eine Gedankenwelt gab, die geteilt war in eine gute und eine böse? Ganz glauben konnte er das noch nicht.

Unwillkürlich schüttelte er den Kopf. Doch - wenn er sich hier umsah, so befand er sich gerade in dieser Gedankenwelt, von der der König gesprochen hatte. Oder war das alles nur ein Traum? Er kniff sich in den Arm, aber der Schmerz brachte ihn nicht in eine andere Wirklichkeit zurück. Unruhig stand auf und lief hin und her. Nun sollte er also auch die andere, die böse Gedankenwelt kennen lernen und diesen Kristall, wie hieß er noch? - *Kristall der Reinheit* - half ihm die Königin der guten Gedanken leise weiter - wieder zurückbringen, damit diese Gedanken hier, die guten, weiter existieren konnten.

Philipp überlegte und wog ab. In der Zwischenzeit warteten die guten Gedanken. Es war unglaublich still. Doch Philipp bemerkte das überhaupt nicht, so sehr war er im Nachdenken vertieft. Die guten Gedanken rührten sich nicht von ihren Plätzen.

Die Geschichte des Gedankenvolkes war sehr außergewöhnlich, hatte er doch nie zuvor davon gehört, dass auch Gedanken weiter existierten und dass offenbar ganz eigenständig, sobald sie gedacht waren. Und dass sie sich dann anderen Gedanken anschlossen und je nachdem, ob sie als gute oder als böse Gedanken gedacht worden waren in die eine oder in die andere Welt gingen.

Diese Neuigkeiten waren aufschlußreich und aufregend. Und es tat ihm leid, was mit den guten Gedanken geschehen würde, wenn sie ihren Kristall der Reinheit nicht wieder bekamen. Würde es dann nur noch die böse Gedankenwelt geben und die gute verschwand ganz?

Verwirrt schüttelte er den Kopf. Wohin führten ihn all diese Einsichten?

Eigentlich brauchte er Zeit, um das hier erst mal alles richtig zu sortieren und ganz zu begreifen. Aber gerade diese Zeit hatten die guten Gedanken offenbar nicht mehr. War er denn überhaupt in der Lage, den Kristall der Reinheit zurückzuholen?

Vielleicht gab es noch ein anderes Kind, dass diese Aufgabe besser zu lösen vermochte? Doch blieb dem Delfin überhaupt noch genug Zeit, ein anderes Kind zu finden und an diesen Ort zu bringen?

Und was wäre, wenn dieses Kind sich nun auch gegen die Aufgabe entschied? Konnte er das verantworten?

Im Grunde genommen fühlte sich Philipp dieser Herausforderung nicht wirklich gewachsen. Die Verantwortung war zu groß, die er damit auf sich lud. Nicht nur für das Volk der guten Gedanken, auch für sich selbst. Was wäre, wenn es nun dem Volk der bösen Gedanken gelänge, ihn auf ihre Seite zu ziehen? Was geschah dann mit ihm...? Er vermochte diesen Gedanken nicht zu Ende zu denken. Trauten die guten Gedanken ihm tatsächlich soviel Selbstvertrauen und Stärke zu, um diese Aufgabe zu meistern?

Plötzlich fiel ihm wieder ein Erlebnis ein, das er mit seinen Klassenkameraden gehabt hatte. Gerade vor zwei Tagen hatten drei Jungen, die in der Schule allgemein als ganz besonders frech und vorlaut galten, sich über ihn lauthals lustig gemacht. Sie hatten Witze gerissen. Anfangs hatte er ihre derben Scherze ignoriert, doch schließlich konnte er es nicht mehr ausgehalten und war ziemlich aus der Haut gefahren. Er hatte sich gewehrt und sie ebenfalls mit bösen Worten bedacht. Wahrscheinlich wären sie übereinander hergefallen, wenn nicht im letzten Moment eine Lehrerin dazwischen getreten wäre und schlimmeres verhütet hätte.

Philipp verließ der Mut und er schüttelte den Kopf.

„Es tut mir wirklich leid, aber ich glaube, ich kann das nicht", antwortete er niedergeschlagen.

Die Königin der guten Gedanken senkte den Kopf und versuchte, ihre Enttäuschung vor ihm zu verbergen. Tränen rannen ihr über das Gesicht, gleichzeitig aber war sie um ein Lächeln bemüht, um ihn ihre Enttäuschung nicht zu sehr zu zeigen.

Der König entgegnete ruhig: „Wir wissen, dass du dir die Entscheidung nicht leicht gemacht hast, Philipp. Wir danken dir, dass du uns zugehört und ernsthaft über unsere Bitte nachgedacht hast. Wenn du möchtest, kannst du noch wenig bei uns bleiben. Der Delfin wird dich, wann immer du willst, wieder in deine Welt zurückbringen."

Er lächelte tapfer, aber sein Kummer war ihm trotzdem anzumerken.

Philipp erhob sich, aber er fühlte sich dabei sehr schlecht. Er atmete tief durch, dankte für die Torten und wandte sich zum Gehen. Das Angebot war großzügig, aber er konnte es nicht länger ertragen hier zu bleiben. Daher beschloss er, sofort in seine Welt zurückzukehren.

So verließ er schnell den Saal, stürzte die Treppe hinunter, an all den Gestalten der guten Gedanken vorbei, deren traurige Blicke ihm folgten. Diesmal schien das mit der Zeit zu funktionieren, denn die Stufen, die er blitzartig herunter rannte, lagen schnell hinter ihm. Die Gedanken ließen ihn ziehen, verloren kein einziges Wort über seiner Entscheidung gegen sie. Er durchquerte die saftigen Wiesen, ließ die karge Landschaft hastig hinter sich, hetzte durch den Ort und schaute nicht nach links oder rechts, wusste er doch, dass seine Entscheidung ihm bereits voraus geeilt war.

Von allen Seiten her glaubte er traurige und enttäuschte Blicke zu spüren, vielleicht aber bildete er es sich das auch nur ein. Trotzdem liefen sie hinter ihm her, hefteten sich an seinen Rücken und vergrößerten sein schlechtes Gewissen. Er konnte es kaum ertragen. Das schlechte Gewissen hing an ihm wie ein schwerer Rucksack, der sich mit jedem Schritt mehr füllte.

Er ließ den Ort schnell hinter sich und rannte im Laufschritt und ganz außer Atem in Richtung Ausgang, wo der Delfin hoffentlich schon auf ihn wartete! Endlich hatte er den vielfarbigen Wald erreicht, dessen Schönheit er jetzt vollständig übersah.

Schließlich konnte er nicht mehr weiter, sein Atem kam nur noch stoßweise, seine Lungen schmerzten. Er setzte sich abseits des Weges hinter einen großen Busch und wollte abwarten, bis er wieder ruhiger durchatmen konnte. Hier fühlte er sich für einen Moment unbeobachtet, geschützt und sicher.

Langsam bekam er wieder Luft und überlegte. Er befahl seinen Gedanken und Gefühlen sich zu ordnen.

Die guten Gedanken hatten ihm keinen Augenblick einen Vorwurf gemacht oder ihm etwas Schlechtes gesagt, als er sich gegen ihre Bitte entschieden hatte - konnten sie ihm überhaupt etwas Böses wünschen?

Früher sicherlich nicht, als sie noch im Besitz des Kristalls der Reinheit gewesen waren. Doch wie war das jetzt? Plötzlich erschien in seiner Vorstellung die Königin der guten Gedanken und lächelte ihn an. Und er wusste mit einem Mal, er war sich da ganz sicher, dass weder Königin noch König - auch wenn sie dazu in der Lage wären – ihm je etwas Böses wünschen würden.

Allein die traurigen Blicke hatten ihn zu seiner hastigen Flucht getrieben. Oder war es nicht vielmehr sein eigenes schlechtes Gewissen, dass er so schnell wie möglich diesen Ort, an dem er sich anfangs so wohl gefühlt hatte, verlassen wollte?

Steckte hinter seiner Absage vielleicht nur seine eigene Sorge, dieser Aufgabe nicht gewachsen zu sein? War es die Angst zu versagen..., vielleicht sogar Feigheit... oder noch etwas ganz anderes?

Erinnerungen an Erlebnisse, in denen er seiner Meinung nach versagt hatte, stiegen in ihm auf. Er schluckte und wünschte sich, sie lieber ganz schnell wieder zu vergessen. Sein Magen tat ihm weh und seine Brust schmerzte von all den heftigen Gefühlen, die ihn plötzlich schüttelten. Er zog die Beine hoch, schlang beide Arme um sie und legte seinen Kopf auf die Knie und schloss die Augen. Das gab ihm die Möglichkeit, einen Moment lang einfach abzuschalten und er atmete ruhig ein und aus.

Plötzlich fühlte er, wie etwas sanft über sein Haar strich. Unbemerkt hatte sich der Fasan genähert. Das Tier hielt seinen kleinen Kopf fragend hoch und schnatterte leise und zärtlich in sein Ohr. Der Bann der schlechten Erinnerungen war gebrochen. Langsam hob Philipp den Kopf und schaute den Fasan dankbar an. Er fuhr ihm sanft über die Federn. Das Tier schnatterte noch einmal, drehte sich um und lief davon. Philipps Blicke folgten ihm, bis er im Unterholz ganz verschwunden war.

Der Junge stand auf und ging langsam weiter in Richtung Ausgang. Mit jedem Schritt ließ er mehr von seinen schlechten Erinnerungen zurück und das war gut so. Mit trotziger Gewissheit wusste er, dass er sich richtig entschieden hatte. Hatten ihm nicht gerade die Erinnerungen an all die Situationen in seinem Leben, in dem er das Gefühl hatte, versagt zu haben, das aufgezeigt? Er war den bösen Gedanken nicht gewachsen, das stand leider nun einmal fest!

Gedanken versunken näherte er sich langsam dem großen Tor. Jetzt ging es ihm wieder besser und ein Gefühl der Vorfreude über die bevorstehende Rückreise durchfuhr ihn. Doch plötzlich, kurz bevor er das Tor erreichte, blieb er stehen. Er fühlte, dass gerade etwas Außergewöhnliches in ihm geschah, das er nicht begriff. Er konzentrierte sich, schloss die Augen, schaute nach Innen und hörte eine leise Stimme in seinem Herzen fragen:

Warum bist du eigentlich immer so zögerlich und traust dir Herausforderungen nicht zu? Natürlich kannst du sie meistern, immer dann, wenn du dich auf deine eigene Kraft und auf mich, deine innere Stimme, verlässt. Wärest du sonst von dem Königspaar der guten Gedanken gefragt worden?

Dies ist eine gute Möglichkeit, dich endlich von all deinen Ängsten zu befreien. Eines Tages musst du dich ihnen sowieso stellen und dir selbst beweisen, dass sie nicht dich beherrschen, sondern du sie. Und dass du wirklich etwas wert bist - hat das nicht auch gerade der König der guten Gedanken deutlich gesagt? Und auch der Delfin hat dich und kein anderes Kind für diese Aufgabe vorgeschlagen. Ist etwa auch seine Meinung über dich so falsch? - Bist du dir in deiner Entscheidung wirklich ganz sicher und willst dabei bleiben?

Nachdenklich schaute Philipp zu Boden. Bildete er es sich nur ein oder hatte ihn eine innere Stimme tatsächlich gerade eindringlich dazu aufgefordert, sich diesem Abenteuer zu stellen?

Während er einfach dastand und überlegte, sah er sich plötzlich mit dem Kristall der Reinheit in den Händen durch die Glaskuppel zum Volk der guten Gedanken zurückkehren. War jetzt dieses Bild nur ein Wunsch, eine Einbildung oder mehr? Zeigte es ihm vielleicht die Zukunft?

Plötzlich wurde ihm ganz leicht ums Herz und er wusste, dass er, Philipp, diese Aufgabe lösen konnte, wenn er nur an sich selber glaubte und sich von seinen Zweifeln an seinen eigenen Fähigkeiten endlich befreite!

Er warf sein Zögern über Bord, drehte sich um und rannte, so schnell ihn seine Beine trugen, zurück zum Schloss.

Als er dort eintraf, war seine Entscheidung bereits bekannt und er wurde von dem Königspaar der guten Gedanken voller Freude erwartet und herzlich umarmt. Diesmal hatten König *und* Königin Tränen in den Augen, aber es waren Tränen der Freude. Der König strahlte übers ganze Gesicht und die Erleichterung war ihm deutlich anzusehen. Gleichzeitig spürte Philipp aber, dass der König der guten Gedanken ihn mit einer gewissen Sorge im Herzen ziehen ließ.

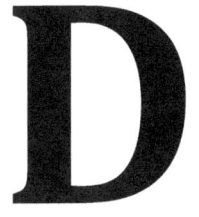# Das Abenteuer beginnt

Für seine Reise zum Volk der bösen Gedanken wurde Philipp ein Seepferdchen zur Verfügung gestellt, auf dem er den langen Weg durchs Meer zurücklegen sollte.

„Ich habe ein ruhiges und geduldiges Tier für dich ausgesucht, Philipp, du kannst dich ihm anvertrauen, es wird dich gerne tragen", meinte die Königin der guten Gedanken und lächelte freundlich.

Der Delfin sollte ihn ebenfalls begleiten. Aber so, wie Philipp allein das Reich der guten Gedanken betreten hatte, würde er auch allein in das Reich der bösen Gedanken gehen müssen. Beide Tiere würden außerhalb auf ihn warten und ihn später mitsamt dem Kristall der Reinheit wieder zurück ins Reich der guten Gedanken geleiten. So war es geplant.

Damit er im Reich der bösen Gedanken nicht ganz auf sich allein gestellt war, übergab die Königin der guten Gedanken ihm einen geheimnisvollen kleinen Stein.

Als Philipp ihn in seine Hand nahm stellte er überrascht fest, dass der Stein genau in die Mulde seiner Handfläche passte. Neugierig betrachtete er ihn. Doch plötzlich überfiel ihn ein Gefühl der Enttäuschung. Die Oberfläche des Steines war sehr glatt, aber seine schmutzig graue Farbe machte ihn fast hässlich und er wirkte irgendwie unscheinbar. Mehrere kleine weiße Linien durchzogen ihn. Behutsam ließ Philipp seine Finger über sie gleiten.

„Beurteile niemals etwas nur nach seinem Aussehen", mahnte die Königin der guten Gedanken ernst, als sie sein enttäuschtes Gesicht bemerkte und seine Gedanken las. „Nur weil der Stein deiner Meinung nach unscheinbar aussieht, ist er nicht wirkungslos. Ganz im Gegenteil. Sei froh, dass er so unscheinbar ist, denn gerade sein Aussehen ist sein Schutz. Dadurch wird er im Reich der bösen Gedanken nicht weiter auffallen. Die bösen Gedanken werden ihn übersehen und er kann dich weit besser unterstützen, als du vermutest" versicherte sie dem Jungen.

Aufmerksam folgte Philipp ihren Worten.

„Durch ihn wird eine Verbindung zwischen dir und unserem Volk hergestellt", fuhr sie fort. „Wann immer dich ein negativer Gedanke zu sehr bedrängt und die Gefahr besteht, dass deine positive Kraft nachlässt, nimm den Stein in die Hand und konzentriere dich auf ihn! Im gleichen Moment fließt dir von uns neue Kraft zu. Sie wird dich stärken und dir helfen, die Situation besser zu meistern."

Jetzt begann Philipp den Stein mit anderen Augen zu betrachten. Sein Daumen fuhr erneut über die glatte Oberfläche, diesmal jedoch mit einem angenehmen Gefühl. Dann schloss er seine Finger fest um den unscheinbaren Stein und drückte ihn leicht. Und er spürte, wie sich in seiner Handfläche eine angenehme Wärme ausbreitete. Unwillkürlich begann er zu lächeln und fühlte sich plötzlich unschlagbar. Er drückte seinen Rücken durch und zog die Schultern nach hinten. Er konnte mit einem Mal gar nicht mehr verstehen, warum er jemals so stark an sich selbst gezweifelt hatte.

Der kleine graue Stein gab ihm ein gutes Gefühl. Plötzlich war er nicht mehr allein und er sah dem Abenteuer neugierig entgegen.

Der Abschied nahte und König der guten Gedanken nahm ihn väterlich in die Arme. Anschließend legte auch die Königin der guten Gedanken ihre zarten Arme um ihn. Sie hielt ihn eine ganze Weile fest an sich gedrückt und Philipp spürte, wie durch sie Stärke, Zuversicht und Kraft in ihn hineinströmten.

Er verabschiedete sich auch von all den anderen guten Gedanken, die sich im Thronsaal befanden. Sie berührten ihn immer wieder mit ihren zarten, durchscheinenden Händen. Bei jeder der Berührungen spürte Philipp einen warmen, angenehmen Energiestrom in sich hineinfließen, der ihn zum Schluss ganz kribbelig werden ließ. Schließlich hob der König der guten Gedanken energisch die Hand und gebot seinen Untertanen Einhalt. Daraufhin ließen die guten Gedanken von ihm ab, doch selbst ihre Blicke schienen ihm - so jedenfalls meinte er - noch Kraft geben zu wollen.

Auf dem Weg zurück zum Ausgang winkten ihm immer wieder gute Gedanken freudig zu und wünschten ihm Glück und Erfolg.

Endlich gelangte er zum Tor, das sich jetzt allein durch eine leichte Berührung sofort öffnen ließ. Der Delfin begrüßte ihn freudig. Die guten Gedanken hatten ihn offenbar schon über das Reiseziel informiert, denn er schwamm aufgeregt um Philipp herum und konnte es gar nicht erwarten, aufzubrechen.

Doch es sollte noch eine Weile dauern, bevor sich Philipp auf dem Rücken des Seepferdchens mit dem Delfin an seiner Seite auf den Weg machen konnte, denn so leicht war es nicht, sich auf den Rücken des zierlichen Tieres zu schwingen und sich dort auch noch festzuhalten. Nach mehreren Versuchen, die der Delfin amüsiert kommentierte, gelang es Philipp schließlich oben zu bleiben. Vorsichtig machte das Tier erste Schwimmbewegungen. Philipp krallte seine Hand in den Nacken des Tieres.

„Du kannst mich ruhig etwas sanfter anfassen, ich werfe dich schon nicht ab", murrte das Seepferdchen mit tiefer gurrender Stimme und schüttelte mißmutig den Kopf. Es ging doch auch sanfter!

Philipp murmelte eine Entschuldigung und bemühte sich, dem Wunsch nach zu kommen.

Nach einiger Zeit wurde es leichter, denn Philipp passte sich den Bewegungen des Tieres einfach an und er entspannte sich. Jetzt war Zeit, an das bevorstehende Abenteuer zu denken. Er fühlte sich recht zuversichtlich, wusste er doch, dass er letztlich die richtige Entscheidung getroffen hatte. Ganz abgesehen davon freute sich Philipp darauf, nun auch das Reich der bösen Gedanken kennen zu lernen. Wie es dort wohl aussehen mochte? Sicher ganz anders als bei den guten Gedanken!

Mit dem Volk der bösen Gedanken würde er bestimmt mit all der Unterstützung, die er bekam - dem kleinen grauen Stein, durch den er von den guten Gedanken jederzeit Kraft erhalten würde, seinem gestärkten Selbstwertgefühl und seiner inneren Stimme, die ihm versichert hatte, dass sie ihn führen würde - schon fertig werden. Er selbst brauchte nur in guten Gedanken zu bleiben, dann konnte ihm nichts passieren. Das müsste doch nicht so schwer sein! Außerdem hatte er nicht die Absicht, den bösen Gedanken etwas anzutun, er wollte lediglich den Kristall der Reinheit zurückholen, den sie ungerechtfertigter Weise aus dem Reich der guten Gedanken entfernt hatten. Also, was sollte schon wirklich schiefgehen?

Der Weg war lang und eintönig. Anfangs betrachtete Philipp noch voller Interesse jeden Fisch, der ihnen entgegen schwamm, doch nach einigen Stunden, so lange kam ihm die Zeit vor, die sie bereits unterwegs waren, wurde auch das langweilig. So konzentrierte er sich auf das Reiten, welches ganz anders war als auf dem Rücken eines Pferdes. Philipp hatte sich inzwischen recht gut angepasst. Bei den leise hin und her wiegenden Schwimmbewegungen des Tieres fühlte er sich an sein Schaukelpferd erinnert, das schon lange ungenutzt auf dem Dachboden seines Elternhauses stand.

Doch mit der Zeit ermüdeten ihn gerade diese Bewegungen sehr. Sein Kopf sank langsam auf die Brust und er begann zu träumen. Der Delfin schien den Weg zu kennen, so dass er das Seepferdchen kaum zu lenken brauchte. Es folgte dem Delfin willig, der langsam vorne weg schwamm.

In seinem Traum traf Philipp auf zwei seiner Schulfreunde, die ihm fröhlich zuwinkten. Er winkte zurück und sie forderten ihn auf, zu ihnen zu kommen. Er setzte sich in Bewegung, als er plötzlich wie erstarrt stehen blieb. Über den Köpfen der beiden, deren Blicke auf ihn gerichtet waren, bildete sich mit einem Mal eine schwarze dunkle Wolke. Erst war sie sehr klein, so dass sie kaum sichtbar war, doch dann wurde sie schnell größer. Philipp rief und winkte und versuchte seine Freunde auf die drohende Gefahr aufmerksam zu machen, aber sie winkten nur ausgelassen zurück und bemerkten nichts davon.

„Lauft doch weg, schnell", rief er verzweifelt und fuchtelte wild mit ausgetrecktem Armen in der Luft herum. Seine Stimme klang krächzend und die Worte blieben ihm im Halse stecken. Die schwarze Wolke nahm an Größe immer mehr zu und formte sich plötzlich zu einer Gestalt. Ein Teil wölbte sich nach oben hinaus und bildete einen Kopf. Seitlich schossen Arme heraus und schwankten hin und her. Unter dem Körper teilte sich die Wolke in zwei Beine, an denen klobige Füße saßen. Die Gestalt begann nach den Freunden zu greifen, erwischte sie aber nicht. Plötzlich legte einer der Freunde fröstelnd die Arme um seinen Körper und schaute sich um. Er entdeckte den Schatten hinter sich und schrie auf. Er riss den Freund zu sich heran, da in diesem Augenblick die schwarze Gestalt nach dem anderen griff. Damit entging der nur um Haaresbreite den gierigen Händen.

Enttäuscht ließ der Schatten die Arme sinken und schüttelte verärgert das dunkle Haupt. Diesen Moment nutzten die beiden Jungen und sausten davon. Doch der Schatten reagierte blitzschnell und war ihnen sofort dicht auf den Fersen. Immer wieder versuchte er einen der Jungen zu ergreifen. Doch die beiden duckten sich geschickt unter ihm hinweg und konnten immer gerade noch entkommen. Philipp schrie sich heiser und versuchte die Aufmerksamkeit des schwarzen Riesen auf sich zu lenken, um so den Freunden einen Vorsprung zu verschaffen. Doch ohnmächtig musste er mit ansehen, dass der ihn nicht hörte oder hören wollte. War er nur Zuschauer in diesem unfairen Spiel? Für einen Moment ließ er die Arme sinken, wurde mutlos und wollte aufgeben.

Doch im nächsten Moment riß er die Arme wieder hoch, sprang wild hin und her und schrie erneut. Er konnte einfach nicht zulassen, dass den beiden etwas geschah. Und endlich hatte er es geschafft, der Schatten hob den Kopf und starrte ihn aus seltsam rotglühenden Augenhöhlen abschätzend böse an. Der Blick fuhr Philipp durch Mark und Bein. Dann schnaubte er, schüttelte drohend die Faust und löste sich in Rauch auf.

Von einer Sekunde zur anderen war der ganze Spuk vorüber. Die drei Freunde standen schwer atmend nebeneinander und starrten auf die Stelle, wo sich gerade eben noch der Schatten befunden hatte.

„Was, was war das?", stotterte der eine und sah Philipp ängstlich an. Philipp wusste keine Antwort. Ihm reichte es, dass seine Freunde nicht mehr in Gefahr schwebten.

„Kommt, lasst uns von hier verschwinden", sagte er nur, drehte sich um und verließ den unheimlichen Ort. Er hoffte, dass die Freunde genauso empfanden und ihm folgen würden.

In diesem Moment wurde Philipp aus seinem Traum gerissen. Der Delfin stieß einen hohen warnenden Pfiff aus und verschwand blitzschnell hinter einem Korallenriff. Das Seepferdchen beeilte sich, hinterher zu kommen, aber mit seiner Last auf dem Rücken war das außerordentlich mühsam. Philipp öffnete gequält die Augen und sah plötzlich etwas Dunkles auf sich zu kommen, das wie eine kleine schwarze Kugel direkt auf ihn zuhielt.

Ist der Schatten zurück? schoss es ihm durch den Kopf. *Träume ich immer noch?*

Geistesgegenwärtig ließ er sich zur Seite fallen und rutschte an der Seite des Seepferdchens herab auf den Meeresboden. Er hörte ein scharfes Pfeifen, als die Kugel dicht an seinem Ohr vorüber zischte. Das Seepferdchen stieß ein ängstliches Klagen aus, ließ mehrere Luftblasen nach oben steigen und beeilte sich, den sicheren Platz neben dem Delfin zu erreichen. Philipp folgte ihm nur langsam nach.

Plötzlich begriff er, dass dies die Wirklichkeit war und er beschleunigte seinen Schritt, um zu den beiden Tieren zu gelangen. Er fröstelte und eine Gänsehaut kroch ihm langsam den ganzen Rücken hinauf.

„Das war ein erster Willkommensgruß vom Volk der bösen Gedanken", erklärte der Delfin aufgeregt. „So wie das Volk der guten Gedanken deine Gedanken kennt, so wird auch dem Volk der bösen Gedanken unser Kommen längst bekannt sein. Wir müssen uns vorsehen und versuchen, während unserer weiteren Reise möglichst nicht mehr zu denken. Dann wissen sie nicht exakt, wo wir uns gerade aufhalten und wann wir bei ihnen eintreffen werden."

Philipp nickte nur. War der Traum eine Warnung an ihn gewesen? Hoffentlich befanden sich seine Freunde in

Sicherheit. Er richtete sich auf, um wieder einen klaren Kopf zu bekommen und um Traum und Wirklichkeit endgültig voneinander zu trennen. Bestimmt ging es seinen beiden Freunden gut, schließlich hatte er diese Bedrohung ja nur geträumt!

Erst jetzt bemerkte er, dass ihm der Willkommensgruß vom Volk der bösen Gedanken gehörig in die Knochen gefahren war. Seine Knie zitterten und er fröstelte immer noch. Er holte tief Luft und konzentrierte sich einen Moment auf einen guten Gedanken. Sofort fühlte er, wie seine Ruhe zurückkehrte und er spürte neue Zuversicht in sich aufsteigen.

„Von mir aus können wir uns wieder auf den Weg machen!", murmelte er und streichelte sanft über die zarte, leicht schuppige Haut des Seepferdchens, das sich durch diese Geste schnell beruhigte. Nach kurzer Zeit nickte es zustimmend und sie setzten ihren Weg fort, immer auf der Hut vor neuen unheilvollen Begegnungen.

Die erhöhte Aufmerksamkeit half Philipp dabei, nicht wieder einzunicken. Er war dankbar darüber, denn noch einen weiteren Traum dieser Art konnte er jetzt nicht mehr vertragen. Seine Hand fuhr in die Hosentasche, wo er den kleinen grauen Stein aufbewahrte und drückte ihn fest. Der Stein schmiegte sich wie von selbst in die Höhlung seiner Hand und wurde warm. Philipp lächelte und er fühlte sich sofort bedeutend wohler. Er war nicht allein hier draußen. Die Kraft der guten Gedanken begleitete ihn!

Als sie schließlich alle drei nicht mehr weiter konnten, fanden sie in einer versteckt liegenden höhlenartigen

Mulde Unterschlupf. Philipp bemühte sich, seinen Kopf von neuen Gedanken frei zu halten, doch es wollte ihm kaum gelingen. In diesem Moment wurde ihm klar, wie viele Gedanken er ständig in seinem Kopf trug und sie bewusst oder unbewusst immerzu hin und her bewegte.

„Das Beste ist, wenn du versuchst gleich zu schlafen", riet der Delfin, „denn die nächste Zeit wird es gewiss sehr anstrengend werden."

Philipp folgte dem Rat des Tieres, ließ sich auf den feinen Sand gleiten, suchte sich eine einigermaßen bequeme Schlafstellung und schloss die Augen. Er ließ die Gedanken, sobald sie kamen, einfach wieder ziehen und hielt sie nicht fest. Auf diese Weise hoffte er, möglichst von ihnen frei zu bleiben, so dass er seinen Teil dazu beitrug, nicht vorzeitig von den bösen Gedanken entdeckt zu werden.

Neben ihm hatte sich das Seepferdchen eingerichtet, während der Delfin vor dem Ausgang der Höhle hin und her schwamm und Wache hielt.

Endlich schlief Philipp in der ungewöhnlichen Umgebung ein, denn die Zeit, die hinter ihm lag, hatte es in sich gehabt. Hin und wieder schlich sich ein böser Gedanke in seine Träume und jedes Mal drohte er und riet Philipp zur Umkehr. Doch der Junge lächelte nur, in der Hand fest umschlossen den kleinen grauen Stein.

Als sie wach wurden, setzten sie ihre Reise fort. Sie brauchten noch zwei volle Tage, um in die Nähe des Volkes der bösen Gedanken zu gelangen. Ihre Wachsamkeit stieg von Minute zu Minute und sie waren jederzeit bereit, weiteren Geschossen augenblicklich auszuweichen und sich blitzschnell zu verbergen. Hin und wieder flogen noch ähnliche Geschosse dicht an ihnen vorüber. So wie ihre Vorgänger waren auch sie vollkommen schwarz, schienen im Fluge Teile ihrer Umgebung in sich einzusaugen und verbreiteten unheimliche Pfeifgeräusche. Doch so gefährlich wie das erste Geschoss wurden sie ihnen nicht mehr, denn die Gefährten konnten durch ihre erhöhte Wachsamkeit jedes Mal geschickt ausweichen und sich rechtzeitig in Deckung bringen. Philipp beobachtete, wie sich die Umgebung langsam veränderte. Auf dem Meeresboden wuchsen kaum noch Pflanzen, die Fischvielfalt nahm ab und es war bedeutend dunkler geworden. Das bedrückte den Jungen. Die Fische, denen sie begegneten, schwammen nicht mehr friedfertig an ihnen vorbei oder begleiteten sie eine Weile, sondern kamen direkt auf sie zu und griffen an. Wenn nicht der Delfin öfters dazwischen gegangen wäre, hätte der eine oder andere Meeresbewohner Philipp ganz sicher ins Bein gebissen oder das Seepferdchen ins Schlingern gebracht. So blieb es beim Fauchen und Zähne zeigen, denn der Delfin passte wie ein Schießhund auf beide auf.

Je stärker die Dunkelheit zunahm, desto mehr näherten sie sich dem Volk der bösen Gedanken, das war Philipp inzwischen vollkommen klar. Er begann sich mehr und mehr auf seine Aufgabe einzustellen. Seine innere Stimme sprach jetzt öfters zu ihm und schlug ihm vor, sich darin zu üben, jederzeit in einem guten Gefühl zu verbleiben, obgleich das inzwischen ziemlich schwierig geworden war, wenn wieder ein Meeresbewohner versuchte, ihn zu attackieren oder vom Weg abzubringen.

Doch endlich hatten sie ihr Ziel erreicht. Sie suchten Schutz hinter einem großen dunklen Wasserfarn und blieben eng beisammen. Ganz in ihrer Nähe hielt sich ein Fischschwarm auf, der sie aus kleinen bösen Augen ärgerlich beäugte. *Seid ihr die Kundschafter der bösen Gedanken?* Unbehaglich ließ er diese eine Frage in seinem Kopf zu.

„Bleib ruhig, Philipp. Sie werden uns nichts tun, solange du keine Angst zeigst. Sobald sie aber spüren, dass dir mulmig wird, werden sie aggressiv und greifen an."

Der Delfin betrachtete den Schwarm einen Moment lang kritisch, dann wandte er sich wieder an Philipp:

„Wir sind am Ziel. Das bedeutet, dass du ab jetzt deinen Weg allein fortsetzen wirst. Du weißt, wir dürfen dich nicht weiter begleiten, aber wenn du zurückkehrst, wirst du uns hier finden."

Philipp nickte und fühlte plötzlich einen Kloß in der Kehle. Der Delfin und das Seepferdchen waren ihm als Gefährten während der Reise ans Herz gewachsen. Er atmete tief durch und versuchte, den dicken Kloß herunter zu würgen, der so plötzlich in seinem Hals fest steckte. Dann verabschiedete er sich von den beiden. Das Seepferdchen nickte ihm aufmunternd zu und der Delfin schwamm noch einen Augenblick neben ihm her. Philipp war bemüht um einen guten Gedanken und er dachte liebevoll an seine Eltern und auch an die kleine Schwester. Er spürte ihre Liebe in seinem Herzen. Das stärkte ihn und so machte er sich endgültig allein auf den Weg.

Ähnlich wie bei dem Volk der guten Gedanken nahm er auch hier, je näher er kam, eine durchsichtige Kuppel wahr, aber im Gegensatz zu der der guten Gedanken wirkte diese hier bedrohlich. Wie ein schwarzer Krake, geduckt auf Beute lauernd, wölbte sich die Kuppel über den Meeresboden. Als wenn der Krake sich im Meeresboden verankern wollte, ragten ringsherum riesige schwarze Krakenarme aus der oberen Wölbung heraus und verschwanden im sandig-modrigen Untergrund. Andere Arme schwangen links und rechts der Kuppel langsam über dem Meeresboden hin und her. Sie schienen das ganze dunkle Gebilde im Gleichgewicht zu halten. Doch plötzlich zeigten sie eine neue Aktivität, sie begannen sich auf Philipp zu zu bewegen! Die schwarzen Arme wurden lang und länger und schnappten mit geöffneten krebsartigen Scheren nach ihm.

Philipp versuchte ihnen auszuweichen. Einige hielten lauernd in ihrer Bewegung inne, um dann zielstrebig nach ihm zu greifen. Dem Jungen gelang es, ihnen geschickt auszuweichen, indem er vorgab, in eine Richtung zu gehen, um sich dann Haken schlagend unter ihnen hindurch zu ducken. Seltsam leicht konnte er sich durchs Wasser bewegen, während die Arme offenbar nur langsame Bewegungen ausführen konnten.

So näherte er sich der Kuppel. Kaum hatte er das Tor erreicht, so schwang es vor ihm weit auf. Der Eingang kam ihm vor wie ein riesiges Haifischmaul, das sich öffnete und sofort wieder schloss. Philipp wartete ab, bis es weit offen stand, dann schlüpfte er hinein. Als er gegen einen Zahn stieß, schloss das Tor sich blitzschnell mit einem lauten Krachen hinter ihm.

Ich bin gefangen, schoss es Philipp durch den Kopf. *Nun gibt es kein Zurück mehr!*

Vorsichtig schlängelte er sich zwischen den riesigen, zum Teil gebrochenen oder abgesplitterten Zähnen hindurch, die kreuz und quer im Maul wuchsen. Sie waren scharf wie Rasierklingen und er musste achtgeben, ihnen nicht zu nahe zu kommen. Dann endlich hatte er es geschafft. Der Bereich der Zähne lag hinter ihm. Jetzt musste er sich vorsichtig kriechend durch einen schwarzen Schlund hindurch kämpfen, der immer enger wurde, so dass Gefahr bestand, er könnte in ihm steckenbleiben. Der Boden unter seinen Händen gab gefährlich nach und er griff in eine weiche, breiige Masse, die fürchterlich stank, sobald seine Hand in sie eintauchte. In der Dunkelheit und Enge des Schlundes musste er sich mit den Ellbogen an den Wänden abstützen, von denen übelriechende ölige Wassertropfen fielen.

Philipp hielt die Luft an, um sich den üblen Geruch zu ersparen und ließ den wabbeligen Untergrund endlich hinter sich. Mit einem Sprung landete er auf festem Grund und atmete erleichtert ein. Hier war die Luft etwas erträglicher, wenn auch muffig und irgendwie abgestanden. Vorsichtig tastend ging er einige Schritte in die Dunkelheit. Nun befand er sich also im Reich der bösen Gedanken! Angespannt horchte er herum, hörte aber nur das schmatzende Geräusch, dass aus dem Schlund zu ihm hinüber drang.

Langsam richtete er sich wieder zu seiner vollen Größe auf und bemerkte sofort, wie sich etwas Bedrohliches wie ein schwerer, feuchter, muffiger Mantel fest um seine Schultern legte.

Im Reich der bösen Gedanken

Einen Augenblick noch zögerte er, dann sprach er sich selbst halblaut Mut zu: „Dann mal los, Philipp!"

Hier, hinter dem Schlund, war alles noch dunkler als im Haifischmaul selbst. Da hatte er immerhin noch die Zähne sehen und ihnen ausweichen können. Aber hier konnte er kaum noch die Hand vor den Augen erkennen. Die Luft lastete feucht und kalt auf ihm. Die schmatzenden Geräusche, die der Schlund bisher von sich gegeben hatte, waren jetzt vollkommen verstummt.

Der Junge musste sehr aufpassen, um nicht zu stolpern, denn der Boden war uneben. Ab und zu geriet sein Fuß in ein tieferes Loch, so dass er fast gestürzt wäre. Es schien fast so, als ob diese versteckten Tiefen als Fallen im Boden mit Absicht für ihn vorbereitet worden waren, um sein weiteres Vordringen zu verhindern. Als ihm dieser Gedanke durch den Kopf ging, wurde ihm blitzartig klar, dass seine Umgebung bereits begann, Einfluss auf ihn zu nehmen. Er unterstellte von vornherein eine böse Absicht, ohne genau zu wissen, ob das auch wirklich zutraf! Und so ermahnte er sich selbst, besser auf das, was er dachte zu achten. Entschlossen setzte er den mühsamen Weg fort und verbot sich weitere Unterstellungen.

Plötzlich vernahm Philipp ganz in seiner Nähe ein leises Flüstern. Er blieb stehen und lauschte konzentriert, aus welcher Richtung die Worte kamen. Er drehte sich langsam im Kreis, doch konnte er nicht genau feststellen, woher sie kamen. So schlich er vorsichtig weiter, immer darauf bedacht, in guten Gedanken zu bleiben.

Allmählich wurde es noch unheimlicher und er zog den Mantel, den ihm die Königin der guten Gedanken, zusammen mit der Kleidung, gegeben hatte, enger um die Schultern. Er fröstelte und fühlte Unwohlsein im Bauch. Doch er ließ sich dadurch weder vom Weg abbringen noch von dem zunehmenden Flüstern ringsherum.

Wenn hier jemand etwas von mir will, so soll er zu mir kommen und sich offen zeigen, dachte er herausfordernd. Und dann fügte er laut hinzu: „Ich bin Philipp. Das Volk der guten Gedanken schickt mich zu euch. Habt ihr bösen Gedanken ihnen den Kristall der Reinheit entwendet? Ich bin gekommen, um ihn zurückzufordern und dorthin zurück zu bringen, wohin er gehört: Ins Reich der guten Gedanken. Ich fordere euch auf, ihn mir zu übergeben!"

Plötzlich herrschte Stille ringsumher. Seine Stimme klang eigenartig hohl und hallte in der Dunkelheit. Im ersten Moment erschrak Philipp über den eigenen Mut, seine Forderung so laut auszusprechen, doch war er sicher, dass dies die beste Vorgehensweise war. Sollte doch das Volk der bösen Gedanken sich vor ihm verstecken oder ihn aus dem Hinterhalt angreifen wie auf dem Herweg, *er* jedenfalls tat es nicht. Wenn er sich erst auf dieses Spiel einließ, handelte er nicht besser als sie. Seine Stärke lag in gutem, aufrichtigem und ehrlichem Handeln, Denken und Fühlen. Mit dieser Gewissheit im Herzen setzte seine Wanderung in die Dunkelheit fort.

Ganz in seiner Nähe lachte jemand auf, als ob er einen guten Witz gemacht hätte. Das Lachen klang falsch und boshaft. Dann streifte ihn etwas Kaltes an seiner linken Schulter. Blitzschnell drehte sich Philipp um, doch zu spät, die Gestalt war bereits wieder in die Dunkelheit abgetaucht.

Ich lasse mich nicht daran hindern, meinen Weg fortzusetzen, dachte er und stolperte weiter.

Die Zeit verging und Philipp wurde müde. Immer wieder spürte er etwas oder jemanden in seiner Nähe, ohne dass er Genaueres wahrnahm. Er fühlte, wie sein Unbehagen in solchen Momenten wuchs, doch da er wusste, welchem Ziel es dienen sollte, blieb er ruhig.

„Solange ich stark bleibe, kann mir niemand etwas anhaben", flüsterte er in die Dunkelheit. Mit diesen Worten machte er sich erneut Mut, damit sich die Angst nicht heimlich in sein Herz einschlich.

Endlich entdeckte er in der Ferne ein sehr schwaches Licht und mit neu erwachter Energie hielt er darauf zu.

„Wir sind höchst erfreut, dass du uns mit deinem Besuch beehrst", flüsterte plötzlich eine spöttische Stimme ganz dicht an seinem rechten Ohr. Philipp lief erneut ein Schauder über den Rücken. Der Klang der Stimme wurde berechnend kalt:

„Es ist wahnsinnig beeindruckend, dass du nicht so schnell aufgibst. Wir haben dich gründlich beobachtet und sind dir die ganze Zeit über gefolgt. Sicher hast du das gespürt, nicht wahr? Komm nun mit, wir zeigen dir das, was du bei uns so verzweifelt suchst, deinen vielgelobten Kristall der Reinheit."

Diesmal kamen die Worte aus einer anderen Richtung, begleitet von schadenfrohem Gelächter.

„Folge nur dem Lichtschein, dann bist du auf dem rechten Weg!" säuselte die erste Stimme wieder ganz in seiner Nähe.

Genau das habe ich vor, dachte Philipp grimmig entschlossen.

Mit jedem Schritt nahm die Dunkelheit kontinuierlich ab, so dass Philipp im schwachen Dämmerschein den Weg vor seinen Füßen nun besser erkennen konnte. Je weiter er vorankam, desto mehr begriff er, was jetzt um ihn herum passierte. Wehende schwarze Schleier verhüllten kleine und größere Gestalten. Sie wankten vor ihm hin und her und wichen erst im allerletzten Moment aus, wenn er schon fast in sie hinein gerannt war. Die Gestalten schienen sich einen Mordsspaß daraus zu machen, ihm möglichst nahe zu kommen. Ab und zu berührte ihn etwas Nasskaltes an der Hand, im Nacken oder sogar im Gesicht. Jedes Mal aber lief ihm ein kalter Schauder über den Rücken und angeekelt wich er zurück. Doch der Rückzug nützte ihm wenig, da bereits andere Schattengestalten ihm von hinten den Weg versperrten. Offenbar verfolgten sie damit einen gut ausgeklügelten Plan, denn diese Attacken verwirrten ihn zunehmend. So blieb er endlich entschlossen stehen und atmete tief durch.

Ich lasse mich von euch nicht von meinem Plan abbringen, machte er sich Mut und konzentrierte sich auf ein positives, freudiges Gefühl. Es gelang ihm nur mit viel Mühe, dieses Gefühl in sich aufrecht zu erhalten, doch sofort wichen die Schatten zurück. Auf diese Weise setzte er den Weg vorsichtig fort, blieb stehen, wenn er zu häufig berührt wurde, sammelte sich und umfasste fest den kleinen grauen Stein in seiner Hosentasche. Die Wirkung setzte sofort ein: Die dunklen, wehenden Gestalten zogen sich aus seiner Nähe zurück. So tastete er sich mühsam und mit allergrößter Wachsamkeit Schritt für Schritt vorwärts.

Endlich erreichte er das Licht, das aus einer großen Höhlenöffnung zu ihm hinüber schimmerte.

Er blieb stehen und warf vorsichtig einen Blick ins Höhleninnere. Gewaltige Felsbrocken hingen von Decke und Wänden herab und drohten herab zu stürzen. Mit ihrer dunklen, fast schwarzen Farbe verschluckten sie sofort das dämmrige Licht, nur der eine Strahl war zu ihm nach außen gedrungen und hatte ihm den Weg hierher gewiesen. Philipp kniff die Augen zusammen und entdeckte vor sich den beeindruckend großen Kristall der Reinheit, der fast so groß war wie er selbst.

Doch bei genauer Betrachtung stellte Philipp fest, dass sich der Schimmer des Kristalls der Reinheit veränderte. Er begann jetzt ein dunkles, unheimliches Licht aus zu strahlen, fast so, als ob er im Innern rötlich glühte. Zögernd ging Philipp auf den Kristall zu und umrundete ihn vorsichtig.

Ich müsste mich doch in seiner Gegenwart viel besser fühlen. Irgendwie sieht der hier ganz anders aus als ihn mir der König der guten Gedanken beschrieben hat, zweifelte er.

„Oh, was für ein kluges Kind wir da haben", lachte es mit einem Mal dicht neben ihm. „Bravo, bravo, du hast die erste Prüfung glänzend bestanden!", schnurrte die

Stimme und lachte glucksend. „Dies ist *nicht* der richtige Kristall der Reinheit, sehrrrrr clever erkannt, sehrrrr clever! Aber dieser Kristall ist so, wie *wir* ihn uns vorstellen und wünschen. Ist er nicht wahnsinnig schön? Komm doch, berühre ihn, ein einziges Mal nur! Dann wirst du sehen, was ich meine. Warum zögerst du noch? Du hast doch nicht etwa Angst?"

Wieder war ein leises, klickendes Lachen zu hören, diesmal schien es direkt aus der Mitte im Kristall zu kommen: „Trau dich! Komm her, komm doch her. Diesen Kristall hier gibt es wirklich. Fass ihn an, du wirst schon sehen!"

Philipp folgte der Aufforderung nur zögernd, trat dann aber näher heran und wollte den Kristall vorsichtig mit seiner linken Handfläche berühren. Aber er griff ins Leere. Er hatte etwas Festes erwartet. Stattdessen tauchten seine Finger in eine klebrige, feuchte Masse. Erschreckt zog er die Hand sofort zurück und betrachtete sie eingehend im glühenden Dämmerlicht des Kristalls. Erstaunlicher Weise war nichts von der Masse an seiner Handfläche kleben geblieben. Seine Finger waren sauber. Doch das ungute Gefühl blieb, als er auf seine Finger herab starrte. Am liebsten hätte er sie sofort gründlich gereinigt. Doch dazu brauchte er Wasser und das gab es hier nicht. So schüttelte er diese klebrige, unangenehme Energie, die er an seinen Fingern verspürte, nur heftig ab, in der Hoffnung, sie auf diese Weise schnell wieder loszuwerden.

Ringsherum wurde laut Beifall geklatscht. Dann wurde es kurz still, bevor ein leises, gehässiges Gelächter in seine Ohren drang.

Was geschieht mit gedachten Gedanken?

„Was soll das? Was treibt ihr für ein Spiel mit mir, indem ihr mir dieses Ding hier als Kristall der Reinheit verkaufen wollt?"

Tief aus seinem Bauch stieg plötzlich ein Schwall unermeßlicher Wut in ihm hoch, den er nicht stoppen konnte und im Moment auch gar nicht aufhalten wollte. Es tat so richtig gut, sich endlich mal Luft zu machen und nicht mehr alle Gemeinheiten zu schlucken!

Wütend warf Philipp einem der aufgetauchten Schattenwesen die Worte an den Kopf. Die dunklen Gestalten hatten damit begonnen, wild um ihn herum zu tanzen. Er konnte sich nun nicht mehr beherrschen, zu groß war doch seine Enttäuschung, noch nicht am Ziel zu sein und den Kristall der Reinheit nach der zurück gelegten mühsamen Wegstrecke immer noch nicht gefunden zu haben.

„Wir sind die dunklen, schlechten Gedanken, wir sind die scheußlichen Gedanken, wir sind die bösen Gedanken, wir sind die negativen Gedanken. Wir sind Neidgedanken, hinterhältige Gedanken, Intrigengedanken, Eifersuchtsgedanken, selbstgefällige Gedanken, boshafte Gedanken, gehässige Gedanken, Angstgedanken, gierige Gedanken, Wutgedanken, Zerstörungsgedanken, sadistische Gedanken, Hassgedanken, Vergeltungsgedanken, Machtgedanken, Unterdrückungsgedanken, Foltergedanken, Verwünschungsgedanken, Kriegsgedanken - eben all die höllisch bösen Gedanken, die ihr Menschen immer wieder so gerne denkt", riefen sie im Chor, wobei sie bei der Aufzählung der unterschiedlichen Gedankenarten die Geschwindigkeit deutlich steigerten.

„Oh nein, wir gehen nicht verloren, wenn wir gedacht werden, wir leben weiter, weiter und immer weiter und in letzter Zeit werden wir immer mehr. Das ist einfach nur geil, tut unverschämt gut, ist sehrrrr förderlich für uns, denn keiner von uns ist gern allein. Hier, an diesem rabenschwarzen Ort können wir uns amüsieren und so wunderbar hässliche Feste feiern", flüsterte eine Schattengestalt in eigenartigem Singsang, wandte sich ab und sprang um Philipp herum. Dabei umarmte sie einen anderen Schatten, der ihr zu nahe gekommen war und laut quiekte, als er so heftig gedrückt wurde.

„Ihr Menschen denkt überhaupt nicht darüber nach, *was* ihr immerzu denkt. Ihr tut es einfach und denkt oft blind drauflos, ohne euch der Folgen bewusst zu werden. Kaum einer zerbricht sich den Kopf darüber, was mit all den Gedanken geschieht, die von ihm sein ganzes Leben lang gedacht werden, ob sie nun gut oder böse sind. Aber auch wenn der Mensch darüber nachdenken würde, könnte er nichts daran ändern, dass es uns gibt. Denn sobald er wieder denkt, entstehen neue Gedankenbrüder. Und denk doch nur an die Millionen Menschen, die ja ständig in jeder Sekunde weitere Gedanken produzieren!

Jedes Mal, wenn in der Welt ein schlechter, ein böser, ein gemeiner, ein negativer Gedanke gedacht wird, dann freuen wir uns wahnsinnig, denn dann kommt bald ein weiterer Bruder zu uns", fuhr die eigenartige Stimme fort.

„Das stimmt, über das Denken habe ich vorher noch gar nicht so richtig nachgedacht", gab Philipp zu und runzelte die Stirn. „Ich habe einfach nur gedacht und nicht danach gefragt, was mit meinen Gedanken geschieht. Erst als der König der guten Gedanken mir von sich und euch erzählte und ich das kapierte, wurde mir klar, dass es euch wirklich gibt, dass wir Menschen euch ständig erschaffen!

Doch was passiert letztlich mit all den Gedanken, die je gedacht wurden?", fragte er interessiert. „Teilt ihr euch auf und geht je nachdem, wer ihr seid, in das Reich der guten und in das Reich der bösen Gedanken?"

„Ganz richtig, ja, so ist es! Wir sind der Meinung, dass kein Gedanke je richtig verloren gehen kann. Und je häufiger ein Gedanke gedacht wird, desto stärker wird er". Die Antwort klang heiser.

„Aber es gibt bei uns auch Unterschiede, wie stark wir sind", räumte der Schatten ein. „Die, die am häufigsten gedacht und gewünscht werden, können sogar richtig Gestalt annehmen, so wie *ich*, den du hier in aller seiner widerlichen Pracht und Herrlichkeit vor dir siehst.

Ich, zum Beispiel, bin ein machtvoller Geldgedanke, alle wollen mich haben, haben und immer wieder haben. Ich bin sehrrrr beliebt bei den Menschen und daher sehrrrr, sehrrrr stark!"

„Ist denn der Gedanke, viel Geld haben zu wollen ein schlechter Gedanke und darum bist du hier?", hakte Philipp nach.

„Ich bin deshalb hier, weil die Menschen mich, den Gedanken des viiiiielen Geldes", und dabei legte der Gedanke mit einer übertriebenen Geste seinen dunklen Arm auf die Brust, „weil mich die Menschen immer mit ihren Machtwünschen verbinden. Sie wollen immer unglaublich viel Geld besitzen, um damit sehrrrr viel Macht über andere zu erlangen. Es geht ihnen darum, andere Menschen durch das viele Geld zu beherrschen! Natürlich gibt es auch gute Geldgedanken, zum Beispiel, wenn ein Mensch einem anderen Reichtum wünscht. Dieser gute Gedanke ist selbstverständlich nicht hier bei uns."

Die Gestalt lachte schadenfroh, „der hat hier bei uns wahrlich nichts verloren!"

„Aber leider", gab die schwarze Gestalt zu, „gibt es auch Kollegen, die auch langsam schwächer werden. Es sind die bösen Gedanken, die nur einmal oder nur flüchtig gedacht werden. Sie werden allmählich vergessen und sind dann irgendwann nicht mehr hier. Aber sie leben ganz bestimmt woanders weiter", setzte er schnell hinzu, wohl auch, um sich selbst davon zu überzeugen.

„Sie verschwinden einfach?", fragte Philipp ungläubig.

„Das wissen wir nicht so genau. Irgendwann sind sie einfach nicht mehr bei uns, wer weiß darüber schon so genau Bescheid, wo sie bleiben. Vielleicht schauen sie sich auch nur in der Welt um und kommen dann irgendwann zurück? Aber das interessiert mich eigentlich auch nicht wirklich, kein jämmerliches Mitleid bitte, das hat hier keinen Platz, wahrlich nicht, wäre absolut falsch hier"

Er lachte hämisch und erfreute sich sichtlich an der eigenen Äußerung.

„So, nun lassen wir mal das ganze Gequatsche hier, ich muss weiter, ich werde mich mit meinen Brüdern Habgier und Geiz treffen, damit wir zusammen noch stärker werden.

Aber ich mache dir schlussendlich noch einen ganz besonderen vorteilhaften Vorschlag: Denke mich möglichst oft, dann gibst du mir viel Kraft. Das stärkt mich und die kann ich nur zu gut gebrauchen. Das bist du mir schließlich schuldig für all die Erklärungen, die du eben von mir verlangt hast!"

„Aber..., aber die hast du mir doch irgendwie freiwillig gegeben. Ich fühle mich keineswegs verpflichtet, dich zu denken!", antwortete Philipp, fast schon zornig über diese unerhörte Forderung. Es konnte doch nicht sein, dass er den bösen Gedanken auf diese Weise noch verstärken sollte!

„Kommt nicht in Frage!", wiederholte er mit Nachdruck.

„Ach, das ist eben das Leid mit euch Menschen, erst erzählt man euch etwas, dann werdet ihr neugierig und fragt und fragt und wollt anschließend für die Dinge, die ihr erfahrt, nicht bezahlen", beklagte sich der Geld-Macht-Gedanke schon fast mitleiderregend.

„Aber ich will dir gern etwas dafür geben, nur nicht das, was *du* willst. Ich bedanke mich aus ganzem Herzen bei dir für all deine interessanten Erklärungen", antwortete Philipp freundlich.

Der Geld-Macht-Gedanke heulte laut auf.

„Nur das nicht!", stieß er gequält hervor. „Das schwächt mich, oh, wie mich das schwächt. Dann will ich lieber gar nichts von dir haben. Hau ab, lass mich doch einfach in Ruhe."

Er hob einen Arm, hielt ihn schützend vor seinen Kopf und drehte sich weg.

„Ich eile, ich eile, ich muss fort von hier, sofort und auf der Stelle, ich habe hier nichts mehr verloren."

Seine Worte wurden leiser und bevor der Junge das Gesagte vollständig begriffen hatte, war er bereits aus der Höhle verschwunden.

Leicht verwirrt blieb Philipp zurück, aber nach einem kurzen Moment dämmerte ihm, welch wichtige Information er durch das Verhalten des Geld-Macht-Gedanken erhalten hatte.

Ganz klar, der Geld-Macht-Gedanke hat mir mit Bedacht nicht erzählt, dass auch ich natürlich die Kraft eines Gedanken verändern kann. Ich kann sie nicht nur verstärken, wie er es von mir gefordert hat, sondern sie in gleicher Weise auch schwächen!

Zufrieden lächelte er in sich hinein. *Vermutlich ist alles viel einfacher, als ich bisher angenommen habe.* Er warf einen konzentrierten Blick auf den vermeintlichen Kristall der Reinheit.

Schlechte Gedanken kann ich verstärken, indem ich sie möglichst wiederholt denke. Schwächen kann ich sie, indem ich ihnen etwas Liebevolles schickte, wie zum Beispiel einen gut gemeinten Dank oder sie möglichst gar nicht erst denke, damit diese neue Gedankenkraft erst gar nicht entsteht und den bestehenden Gedanken verstärkt.

Aber das Gleiche muss auch mit guten Gedanken so sein, setzte er seine Schlußfolgerung fort. *Sie kann ich verstärken, indem ich sie ebenfalls immer wieder denke, schwächen dagegen, indem ich ihnen etwas Schlechtes wünsche oder sie gar nicht erst denke. Das passt gut zu allem, wovon der König der guten Gedanken gesprochen hat.*

Philipp glaubte nun, die Zusammenhänge besser zu verstehen und fühlte sich nicht mehr so hilflos wie noch vor wenigen Minuten.

Somit konnten böse Gedanken doch nicht ganz so mächtig und unverwundbar sein, wie der Geld-Macht-Gedanke versucht hatte, ihm einzureden.

„Da habe ich ja eine ganz wichtige Sache herausgefunden", murmelte der Junge stolz und war mehr als zufrieden über diese eben gewonnene Erkenntnis.

In dem Moment, in dem er diese Zufriedenheit verspürte, wichen sämtliche bösen Gedanken, die sich in der Zwischenzeit wieder dicht an ihn heran gedrängt hatten, weit zurück. Sofort bemerkte Philipp die Veränderung. Das machte ihm Mut. Sein Vertrauen stieg wieder, diese heikle Aufgabe vielleicht doch noch lösen zu können und er fühlte, wie sich neue, zuversichtliche Energien in ihm ausbreiteten.

Wo aber befand sich nun der echte Kristall der Reinheit?

Er richtete seine Aufmerksamkeit wieder auf den trübe flackernden Kristall. Nochmals würde er ihn nicht anfassen. Das stand fest! Es wurde Zeit, dass er sich wieder auf die Suche begab. Hier jedenfalls war er nicht!

Er verließ die Höhle und setzte seinen Weg selbstbewusster fort als er sie betreten hatte. Er wanderte über dunkle Gänge weiter von einer Höhle zur nächsten. Überall sah oder fühlte er dunkle Gestalten vorbei huschen, einige waren größer, einige auch kleiner, einige fegten blitzschnell an ihm vorbei, andere dagegen humpelten mühsam ihres Weges. Einige waren richtig schwarz, andere dagegen blasser und fast gar nicht als Gestalt auszumachen.

Doch keine dieser dunklen Gestalten kam ihm jetzt mehr zu nahe oder belästigte ihn mit einer Berührung. Philipp hatte ganz offenbar mit seiner Erkenntnis einen wichtigen Vorteil errungen.

Als sich seine Suche in die Länge zog und er schließlich eine zunehmende Müdigkeit in den Beinen spürte, blieb er unschlüssig stehen. *Habe ich mich etwa verlaufen?* überlegte er und behielt dabei wachsam das Höhlengewirr rings um sich herum im Auge. Die Dunkelheit hatte wieder deutlich zugenommen.

Ich kann doch nicht ständig hier herumlaufen und finde überhaupt nichts! Bewege ich mich immer nur im Kreis? Vielleicht ist das hier sogar ein Irrgarten? Schicken die mich vielleicht mit voller Absicht immer wieder den gleichen Weg, damit ich müde werde und meine Aufmerksamkeit nach lässt? Wie lange renne ich hier eigentlich schon herum?

Kaum hatte er seine Zweifel in Gedanken gefasst, da strich bereits wieder eine feuchte kalte Hand über seinen Nacken.

„Zweifel, mein Freund?", flüsterte eine hässlich schnarrende Stimme dicht hinter ihm. „Das klingt ja wahnsinnig traurig. Wie schade für dich! Na, wo mag denn bloß der echte Kristall der Reinheit sein? Hast du dir die Füße etwa schon wundgelaufen? Oh, wie ich dich bedauere! Und die Beine tun dir auch schon weh und werden ganz schwer. Hunger und Durst musst du auch haben, nicht wahr? Oh, wie überaus bedauernswert und jammervoll! Und genau das gefällt mir so an dir!

Na los, ich bringe dich jetzt zu unserem verehrungswürdigen bösen Obergedanken. Ach, ich merke schon, du weißt gar nicht, dass es ihn gibt und *wer* er eigentlich ist?

Warum sollen nur die gu.. - oh, ich mag dieses hässliche Wort überhaupt nicht aussprechen - also, warum sollen nur diese anderen Gedanken einen König haben, und dazu sogar zwei, denn der König dieser anderen Gedanken hat ja auch noch eine Gemahlin - und wir nicht? Das ist ja geradezu eine bodenlose Unverschämtheit, dass du uns nicht einmal unseren eigenen bösen Obergedanken gönnst! Was fällt dir eigentlich ein? Das ist doch einfach empörend, egoistisch und mehr als ungehörig. Oh, das finde ich richtig toll, mich so aufzuregen, das stärkt mich wahnsinnig, ich gebe mir selber enorme Kraft!", lachte der böse Gedanke triumphierend, kam hinter Philipp hervor und fuchtelte wild und aufgeregt mit seinen Schattenhänden vor seinem Gesicht hin und her.

„Oh, doch..., aber, ich gönne euch doch euren bösen Obergedanken", stammelte Philipp, völlig überrumpelt von diesen Ausführungen. „Das, das habe ich doch gar nicht so gemeint oder gesagt! Das, das ist einfach nur ein Missverständnis!".

Erschreckt wich er vor dem Gedanken zurück, der sich bei seiner Antwort drohend vor ihm aufgebaut hatte und ihn nun um Kopfeslänge überragte.

„Oh, deine Antwort ist ganz vortrefflich! Ich schätze sie sehrrrr! Denn ich bin der Gedanke der boshaften Unterstellung, der jederzeit hinter jeder Absicht das Schlechteste, das Böseste vermutet", frohlockte der böse Gedanke, „und das habe ich gerade auch bei dir getan und du bist darauf hereingefallen. Wahnsinnig clever von mir, einfach wahnsinnig clever! Ha, ha, ha, das ist wirklich ganz toll! Ich war mir nämlich nicht mehr so sicher, ob diese Masche immer noch bei euch Menschen funktioniert. Du musst wissen, dass ich lange nicht mehr auf der Erde unterwegs war", lachte der Gedanke der boshaften Unterstellung meckernd und offenbar überglücklich, „das gibt mir Kraft, das gefällt mir, oh, wie schön böse ich doch bin, so schön gemein und richtig höllisch fies!"

Verlegen sah Philipp zu dem bösen Gedanken hoch, der weiterhin aufgeregt vor ihm hin und her sprang, denn er war tatsächlich auf ihn hereingefallen. Gleichzeitig fühlte er aber auch berechtigten Ärger in sich hochsteigen. Doch seine innere Stimme beruhigte und warnte und er versuchte, seinen Ärger sofort wieder herunter zu schlucken. Schnell steckte er seine Hand in die Hosentasche und umfasste den kleinen grauen Stein fest mit den Fingern. Im gleichen Moment fühlte er, wie die Ruhe wieder in ihn zurückkehrte. Auf die Kraft vom Volk der guten Gedanken konnte er sich verlassen und sein Ärger verflog ebenso schnell, wie er gekommen war.

Der Gedanke der boshaften Unterstellung wurde ungeduldig.

„Wird's bald, ich habe nicht ewig Zeit, Jüngelchen. Es wird dir nicht gelingen, mich durch dein Zögern hinzuhalten, also mach schon, unser hochherrschaftlicher böse Oberdanke wartet nicht ewig und schon gar nicht auf jemanden wie dich. Beeil dich gefälligst, sieh zu, dass du in die Gänge kommst, ein bisschen plötzlich, wenn ich bitten darf, keine Verzögerung mehr, es reicht. "

Diesmal wusste Philipp, dass dieser böse Gedanke jedes Mal, wenn er etwas tat oder sagte, bewusst vom Schlechtesten ausging oder sogar ausgehen musste. Vielleicht ließ ihm auch die Prägung als Gedanke der boshaften Unterstellung keine andere Wahl. Daher lächelte Philipp breit und meinte nur: „Ich folge dir gern, bringe mich zu deinem Obermacker."

„Das will ich aber überhört haben, richtig heißt es *böser Obergedanke*", warnte der Gedanke der boshaften Unterstellung und sprach den Namen seines Herrschers mit genüsslicher Wonne aus. Dann sauste er davon.

Philipp folgte ihm schnell nach und bemerkte voller Erstaunen, dass ihn diesmal keine Unebenheit im Boden behinderte. Doch verbot er sich, über die Gründe nachzudenken, wichtig allein war, dass jetzt endlich etwas geschah und er dem Kristall der Reinheit näher kam, wenn er dafür offenbar auch diesen bösen Obergedanken treffen musste.

Im Saal der Versammlung

Zielstrebig lief der Gedanke der boshaften Unterstellung vor ihm her. Eine solche Wegstrecke hätte Philipp in so kurzer Zeit allein nicht zurücklegen können. Im rasenden Tempo ging es vorwärts. Tausende von Gängen und Höhlen durchquerten sie, eine hässlicher und unheimlicher als die vorherige. Aber Philipp beeindruckte es im Moment herzlich wenig, denn er war zu sehr damit beschäftigt, den Gedanken der boshaften Unterstellung vor sich nicht aus den Augen zu verlieren. Außerdem fühlte er sich durch seine neu gewonnene Erkenntnis stärker. Das merkte er daran, dass die dunklen Schatten, denen sie unterwegs begegneten, ihn vollkommen in Ruhe ließen. Die Schwächeren unter ihnen wichen sogar verschreckt zur Seite, wenn sie ihm auf einer schmaleren Wegstrecke in die Quere kamen.

Immer wieder trafen sie auf Gestalten, die sich Philipp scheußlicher nicht hätte ausdenken können, und er besaß eine lebhafte Vorstellungskraft.

Einmal jedoch ließ sich ein Zusammenstoß mit einer der dunklen Gestalten nicht vermeiden. Der böse Gedanke hatte sich groß und breit direkt vor ihm mitten auf dem Weg aufgebaut und bewegte sich keinen Zentimeter beiseite, obgleich er die beiden kommen sah. Philipp, der gerade durch einen anderen Schatten abgelenkt war, bemerkte das Hindernis zu spät. Ein gewaltiger Ruck lief durch seinen Körper, als er mitten in den Schatten hinein rannte. Mit großer Wucht stieß ihn der böse Gedanke zur Seite und der Junge flog gegen die Felswand. Er schürfte sich den linken Arm auf und setzte sich anschließend unsanft auf sein Hinterteil.

Der böse Gedanke, mit dem er zusammen gestoßen war, begann sofort fürchterlich zu schimpfen und bedachte Philipp mit allerlei bekannten und unbekannten Flüchen.

Du musst ein Fluchgedanke sein, ging es Philipp durch den Kopf und er rieb sich den schmerzenden Arm. Vermutlich würde ihn die Wunde am Arm noch längere Zeit an diese Begegnung erinnern.

„Ja, das bin ich, ein sehrrrr böser, starker, überaus mächtiger Fluchgedanke!", bestätigte der seine Vermutung. Und der Fluchgedanke setzte seine Behauptung sofort in die Tat um.

Wenn nicht der Gedanke der boshaften Unterstellung blitzschnell dazwischen gegangen wäre, hätte Philipp nicht mehr viel zu lachen gehabt, da der übergroße Fluchgedanke sich gerade voller Wut auf ihn stürzen wollte.

„Lass das kleine Menschlein sofort los! Wir haben Wichtigeres zu tun, als dass du ihn jetzt zu Brei schlägst. Ich weiß, dass der Junge absichtlich in dich hinein gerannt ist. Aber das ändert nichts daran, dass du ihn dafür jetzt nicht bestrafen darfst. Er muss sofort zum bösen Obergedanken! Der hat mir höchst persönlich befohlen, den Jungen zu ihm zu bringen, sobald er schwächer wird", erklärte der Gedanke der boshaften Unterstellung ungeduldig und stieß den Fluchgedanken mehrfach kräftig in die Seite. Der schien jedoch die Stöße nicht einmal zu spüren. Erst als Philipps Begleiter begann herumzuschreien und immer wieder den bösen

Obergedanken erwähnte, ließ der bullige Fluchgedanke knurrend von Philipp ab, nicht jedoch, ohne ihm vorher noch anzudrohen:

„Beim nächsten Mal, wenn wir wieder aufeinandertreffen, bist du dran, Bürschchen, darauf gebe ich dir einen ganz besonders starken Fluch! Du entkommst mir nicht ein zweites Mal"

Mit diesen Worten funkelte er Philipp aus tückischen kleinen Augen an, denn noch war er nicht bereit, sich für heute geschlagen zu geben. Doch schließlich wandte er sich auf Drängen des anderen bösen Gedanken von ihm ab und raste in die Dunkelheit davon. Dabei stieß er sämtliche andere bösen Gedanken, die seinen Weg kreuzten, heftig zur Seite und hinterließ eine Schneise der Zerstörung.

Der Gedanke der boshaften Unterstellung trieb Philipp erneut zur Eile an. Der Zusammenstoß hatte sie offenbar viel Zeit gekostet. Schnell rappelte Philipp sich auf, rieb sich noch einmal den brennenden Arm und beeilte sich, die Schattengestalt nicht vollständig aus den Augen zu verlieren, da diese schon fast hinter der nächsten Ecke verschwunden war. Er konzentrierte sich wieder aufs Laufen, vergaß den brennenden Schmerz im linken Arm, hatte den Gedanken der boshaften Unterstellung bald wieder eingeholt und lief jetzt neben ihm her.

„Was ist eigentlich der böse Obergedanke für einer?", presste er hervor und atmete dabei heftig ein und aus.

„Das wirst du schon noch erleben, auf alle Fälle sind wir ganz außerordentlich mit ihm zufrieden und sehrrrr, sehrrrr stolz auf ihn."

Wenn die bösen Gedanken mit ihm so sehr zufrieden sind, bin ich es sicherlich überhaupt nicht, stellte Philipp mit einigem Unbehagen fest.

„Ich meine", setzte er die Befragung des bösen Gedanken fort, „was für eine Art Gedanke ist er denn?"

„Oh, unser böser Obergedanke hat von uns allen etwas und das in außerordentlich hohem Maße", kicherte der Gedanke der boshaften Unterstellung. Ihm schien das Sprechen neben dem Laufen überhaupt nichts auszumachen. „Er ist so richtig böse, gemein und hässlich, so wie wir alle es wahnsinnig gerne mögen.

Denn während *wir* von den Menschen gedacht und damit erschaffen werden, ist es bei ihm anders, wir, ich meine damit alle bösen Gedanken zusammen, haben *ihn* erdacht. Genau so ist er entstanden! Aber nicht nur das, wir haben ihn inzwischen sehr, sehr mächtig gemacht, er ist unser gemeinster, hässlichster, bösester Gedanke, eben *der* böse *Ober*gedanke! Und genau das zeigt er uns auch immer wieder, wenn er so richtig in Fahrt kommt. Mit ihm ist nicht zu spaßen", fügte er warnend hinzu.

„Tue immer genau das, was er sagt, sonst ist es sofort aus mit dir. Das sage ich dir ganz im Vertrauen. Von uns allen ist er der größte Fachmann, wenn es darum geht, andere zu quälen und besonders viel Leid zuzufügen.

Nun aber genug erklärt, sehen wir zu, dass wir unser Ziel endlich erreichen. Es ist nicht mehr fern. Du wirst ihn schon noch kennen und schätzen lernen!"

Nach diesen Worten des bösen Gedanken blieb Philipp erst einmal erschöpft stehen. Es blieb ihm selbst überlassen, den letzten Satz als Drohung aufzufassen oder ihn einfach nur so hinzunehmen. Er holte tief Luft, um seine Lungen, die die drückende Schwüle kaum noch aushielten, ein wenig zu entlasten.

Doch da der Gedanke der boshaften Unterstellung bereits in der nächsten Höhle verschwunden war, ohne Rücksicht auf seine Erschöpfung zu nehmen, setzte Philipp seine letzten Reserven ein und spurtete durch, um ihn wieder einzuholen. Er schob jede weitere Vermutung über die Bösartigkeit dieses Obergedanken beiseite. Später gab es sicher noch genügend Zeit, um sich darüber Sorgen zu machen.

Es dauerte tatsächlich nicht mehr lange und sie hatten den Eingang einer riesigen Höhle erreicht.

„Das ist unser Saal der Versammlung", sagte der böse Gedanke voll Stolz und dieses eine Mal klang seine Stimme tatsächlich ehrlich. „Hier treffen wir alle wichtigen Entscheidungen. Ich meine natürlich, der böse Obergedanke tut das."

In gewaltigen Ausmaßen öffnete sich der Saal der Versammlung vor dem Jungen, so dass er nicht feststellen konnte, wo er endete. Dunkel und absolut hinterhältig schien diese Höhle wie ein großes Ungeheuer nur darauf zu lauern, ihre Beute zu packen, sobald dieser ein Fehler unterlief. Philipps Unbehagen nahm erneut zu, je weiter er von dem Gedanken der boshaften Unterstellung vorwärts gedrängt wurde.

Tausende von dunklen Gestalten huschten durch den gewaltigen Raum, so dass Philipp sie gar nicht alle erfassen konnte. Überall wimmelte es nur so von bösen Gedanken und die Eiseskälte ließ jeden Atemzug, den er tat, weiß vor ihm aufsteigen. Philipp fröstelte und er legte schützend beide Arme um seinen Körper. Am liebsten wäre er stehen geblieben und dem Gedanken der boshaften Unterstellung nicht weiter gefolgt, der immer weiter zur Mitte des Saales strebte. Doch immer, wenn er etwas langsamer wurde, musste der böse Gedanke das spüren, denn mißmutig drehte sich jedes Mal zu ihm zurück und fauchte ihn an:

„Beeil dich, du Bastard, wir sind gleich da. Denk daran, ich muss meinen Auftrag erfüllen, sonst bekommen wir gewaltigen Ärger. Und das willst du doch nicht, oder?"

Er grinste und griff nach Philipps Schulter. Philipp wich geschickt aus, denn nichts mochte er weniger als zusätzlich noch von einem bösen Gedanken berührt zu werden.

„Ich komme ja schon", presste er zwischen zusammen gebissenen Zähnen hervor und eilte hinter ihm her.

Endlich schienen sie die Mitte des Saales erreicht zu haben, denn der Gedanke hielt abrupt an und verbeugte sich tief vor einem noch dunkleren Schatten.

„Da bist du ja endlich, hat aber auch lange genug gedauert", bellte eine beeindruckend große Gestalt heiser, der die Verbeugung gegolten hatte.

„Unser böser Obergedanke wartet bereits ungeduldig auf den Jungen. Er ist ganz wild darauf, aus ihm Hackfleisch zu machen, oder" und damit wandte sich der Sprechende zähnefletschend an Philipp, „ihn zu einem der unsrigen zu machen."

Er grinste böse.

Philipp zuckte zusammen. Das war das, wovor ihn die Königin der guten Gedanken gewarnt hatte. Eine eisige Welle der Furcht überlief ihn. Er atmete tief durch und suchte nach einem einzigen guten Gedanken: *Ich bin stark, ich werde siegen!*, schoss es ihm etwas kläglich durch den Kopf.

Zur Verstärkung nahm er den kleinen grauen Stein in seiner Tasche noch in die Hand und drückte ihn fest. Der böse Obergedanke schien tatsächlich zu einer weitaus schlimmeren Gattung von bösen Gedanken zu zählen als all jene bösen Gedanken, denen er bisher begegnet war. Mit diesen beiden hier konnte er vielleicht gerade noch fertig werden. Aber es musste ihm auch mit diesem bösen Obergedanken gelingen. Er musste es einfach schaffen, denn sonst war das Volk der guten Gedanken verloren. Eine zweite Chance, jemanden hierher zu schicken, um den Kristall der Reinheit zurückzubringen, würden sie wohl nicht bekommen. Und die Zeit drängte. Er erinnerte sich gut an die warnenden Worte des Königs der guten Gedanken.

Philipp bemühte sich, sämtliche Zweifel von sich weg zu schieben. Dass es ihm aber nicht vollständig gelang, bemerkte er daran, dass sich jetzt wieder jede Menge böse Gedanken in seine Nähe drängten.

Fall ja nicht darauf herein, vernahm er in seinem Inneren, all *die bösen Gedanken hier legen es einzig darauf an, dich mit ihren hämischen Bemerkungen zu zermürben und mit ihrer Nähe zu schwächen. Das allein ist ihre Aufgabe, vergiss das nicht. Bleib stark und vertraue deinen positiven Fähigkeiten!*

„Das hier ist der Gedanke der grausamen Unterdrückung", stellte der Gedanke der boshaften Unterstellung den riesigen dunklen Schatten vor und unterbrach damit seinen inneren Dialog. „Ab jetzt wirst du ihm folgen. Er bringt dich zu unserem bösen Obergedanken.

War ganz toll, dass ich wieder einmal meine großartigen Talente ausprobieren konnte. Du bist ganz klasse darauf herein gefallen, zumindest am Anfang", meinte der Gedanke der boshaften Unterstellung und seine kleinen roten Augen funkelten zufrieden. „Vielleicht können wir das ein anderes Mal fortsetzen, wenn du erst einer von uns geworden bist. Ich stehe dir dann jederzeit mit allergrößter Boshaftigkeit zur Verfügung!"

„Quatsch hier nicht so dumm herum, sieh zu, dass du endlich abhaust. Dein Auftrag ist beendet!", zischte der Gedanken der grausamen Unterdrückung. „Sonst mache ich Mus aus dir!"

„Kannst es ja probieren, aber ich bin schneller als du."

Der Gedanke der boshaften Unterstellung verzog sein Gesicht zu einer hässlichen Grimasse und streckte dem anderen Gedanken seine dunkelgraue, seltsam vertrocknete Zunge entgegen.

Dann drehte er sich um und verschwand blitzschnell im Gewimmel der anderen umher huschenden Gestalten, bevor der Gedanke der grausamen Unterdrückung überhaupt auf die Idee kam, nach ihm zu greifen.

Philipp hatte das kurze Geplänkel zwischen den bösen Gedanken interessiert verfolgt. Dabei hatte er die Kälte ganz vergessen, die ihn in seinem Innern frieren ließ. Als jedoch sein neuer Führer ihn fest am Arm packte und mit sich zog, durchfuhr es ihn wie ein Schock.

„Komm endlich, ich werde hier nicht für dummes Herumstehen bezahlt", schnarrte er unfreundlich und machte sich auf den Weg.

Philipp riss sich los. Sein Kopf dröhnte und er konnte nicht mehr klar sehen. Am liebsten hätte er sich umgedreht und wäre einfach nur noch blindlings davon gelaufen, denn sein leerer Magen rebellierte und er würgte heftig. Unwillkürlich griff er nach dem kleinen grauen Stein und umklammerte ihn mit aller Kraft. Sofort ließ das Würgen nach und er konnte seine Umgebung wieder klarer erkennen.

„Wenn du dich nicht auf der Stelle in Bewegung setzt, werde ich dich tragen", drohte der grausame Unterdrückungsgedanke und seine grauweiße Hand mit langen dürren Knochenfingern versuchte Philipp zu erhaschen.

„Bin schon unterwegs", nuschelte der Junge mühsam und folgte sofort, denn diese Drohung war durchaus ernst gemeint.

Befriedigt grunzte der böse Gedanke irgendetwas vor sich hin, das Philipp nicht verstand und bahnte sich fluchend einen Weg durch das Gewimmel der anderen bösen Gedanken. Wie ein Schnitter, der durch ein Feld geht, schuf er so eine Schneise, in der ihm Philipp dicht folgen konnte. Dadurch blieb es ihm weitgehend erspart, selbst die bösen Gedanken zur Seite zu drängen, denn je näher sie diesem bösen Obergedanken kamen, desto hässlicher und unangenehmer wurden die schwarzen Schatten ringsherum.

Der Gedanke der grausamen Unterdrückung ist wesentlich widerlicher als mein erster Begleiter, stellte Philipp fest. *Warum nur hat er den Gedanken der boshaften Unterstellung abgelöst? Ist es diesem vielleicht nicht möglich, sich noch tiefer in den Saal der Versammlung vorzuwagen, vielleicht deshalb, weil er die Bösartigkeit, die hier herrscht, nicht aushält? Oder gibt es eine Rangordnung unter den bösen Gedanken, so dass der Gedanke der boshaften Unterstellung dem bösen Obergedanken nicht wirklich näher kommen darf? Eigentlich kann ich mir das nicht vorstellen, denn schließlich hatte er doch behauptet, den Auftrag höchstpersönlich vom bösen Obergedanken erhalten zu haben.*

Seine Überlegungen lenkten Philipp ab und so ließ sich diese scheußliche Atmosphäre hier etwas besser ertragen. Er richtete seine Aufmerksamkeit nur so weit es unbedingt erforderlich war auf seine Umgebung, um den Gedanken der grausamen Unterdrückung nicht ganz zu verlieren. Dadurch schützte er sich instinktiv vor den bösen und hinterhältigen Blicken, die ihm von überall her zugeworfen wurden. Ihm war bewusst, dass jeder Blick es darauf anlegte, ihn weiter zu schwächen. Aber er war nicht bereit, sich auf dieses Spiel einzulassen!

Je weiter sie vorankamen, desto beklemmender wurde es. Dies hier war nicht die übliche Dunkelheit der Nacht, die sie umgab, die, wenn man sich an sie gewöhnt hatte, sogar angenehm sein konnte, sondern eine leere, beklemmende, naßkalte Schwärze, eine, die das Innerste gefrieren ließ.

Philipp fühlte, wie diese Dunkelheit, die soviel unfassbar Bedrohliches enthielt, nach seinem Herzen griff und damit nach all den guten Gedanken, die er sich immer wieder bemühte, zu denken. Es fiel ihm immer schwerer, sie noch festzuhalten und zu Ende zu denken.

Unauffällig ließ er seine Hand wieder in die Tasche gleiten, ergriff den kleinen grauen Stein und umklammerte ihn fest. Solange es irgendwie ging, würde er ihn in der Hand behalten, denn jetzt brauchte er wirklich jedes bisschen Kraft, das ihn aus dem Land der guten Gedanken über den Stein erreichen konnte.

Und ganz plötzlich hielt der Gedanke der boshaften Unterstellung an und rührte sich nicht mehr. Sie mussten den bösen Obergedanken erreicht haben, denn der übelriechende mächtige Schatten vor ihm strahlte soviel Negatives aus, dass Philipp nicht in der Lage war, ihn anzuschauen. Daher senkte er den Blick und sah stattdessen auf seine eigenen Füße herunter.

„Du bist also gekommen, um den Kristall der Reinheit zu entführen und ihn in sein altes Zuhause zurück zu bringen", begrüßte ihn der böse Obergedanke mit schnarrender Stimme und lachte dabei ein sehr hässliches Lachen.

„Das ist so richtig schön böse, was du da vorhast! Eigentlich gefällts es mir, denn das passt so gut zu uns!"

Seine Stimme wechselte plötzlich ihren Klang. Hart und eiskalt fuhr er fort: „Aber leider kann ich es dir nicht erlauben! Das wirst du doch ganz sicher gut verstehen, oder?"

Wieder lachte er sein hässliches Lachen.

„Du sollst von vornherein wissen, dass es dir nicht gelingen kann, denn *wir* werden es dir nicht erlauben, keiner von uns. *I c h* erlaube es dir nicht!"

Der böse Obergedanke machte eine bedrohliche Pause.

„Da wir aber mehr als großzügig sind", und dabei lachte er wieder meckernd, „laden wir dich ein, viel Zeit, sehrrrr viel Zeit mit uns zu verbringen, um uns in unserer ganzen schauerlichen Vielfalt kennen zu lernen. Es wird dir hier sehrrrr gefallen, glaube mir, sobald du dich an uns gewöhnt hast. Lass die guten Gedanken los, dann ist der Prozess nicht ganz so schmerzhaffffft für dich. Dann geht es dir gleich um einiges besser bei uns. Wir werden dich großzügig mit bösen Gedanken versorgen, darauf kannst du Gift nehmen! Also vergiss besser deinen unklugen Plan, bleibe hier und öffne dich uns."

Er lachte wieder, diesmal leise und hinterhältig. Philipp dachte sogleich an einen verrosteten Blecheimer, auf dem mit Kochlöffeln getrommelt wird. Laut kreischend fielen die umstehenden Schattengestalten in sein Lachen ein.

Als endlich der letzte Lacher verstummt war, umgab sie eine lastende und bedrohliche Stille. Der böse Obergedanke erwartete offenbar eine Antwort von ihm.

Philipp suchte angestrengt nach einer brauchbaren Idee. Was sollte er jetzt tun, wie darauf reagieren? Er durfte diese widerliche Gestalt nicht zu sehr reizen, sonst - das spürte er genau - war er unrettbar verloren. In seinem Zorn, befürchtete er, würde der böse Obergedanke ihn wahrscheinlich vernichten. Vielleicht sämtliche bösen Gedanken auf ihn hetzen, damit sie ihn aussaugten wie einen Schwamm? Darauf warteten sie sicher nur! Sich aber freiwillig zu einem der ihren machen zu lassen, kam ebenso wenig in Frage.

Daher legte er sich fieberhaft einen Plan zurecht. Ganz ausgereift war er noch nicht, aber er vertraute für den Rest dabei auch auf seinen Ideenreichtum und der

Möglichkeit, zu improvisieren. Dabei hoffte er inständig, dass die bösen Gedanken möglichst wenig von seinem gerade entworfenen Plan mitbekommen hatten.

„Bevor ich mich entscheide", antwortete er schließlich so ruhig er konnte und gab seiner Stimme einen festen Klang, „möchte ich den Kristall der Reinheit sehen. Ich kenne ihn nicht und will nicht ganz umsonst den langen mühsamen Weg zu euch zurückgelegt haben!"

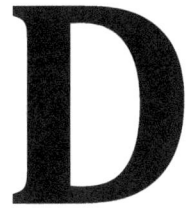

er Kristall der Reinheit

Der böse Obergedanke wiegte nachdenklich den widerlichen Kopf, was
Philipp allerdings nicht wahrnahm, da
er immer noch nach unten auf seine
Füße starrte.

Der böse Obergedanke überlegte, was der Junge wohl
mit seiner Forderung bezwecken könnte und er bemühte sich, in Philipps Gedanken einzudringen. Doch er
fand keinen einzigen brauchbaren Gedanken in seinem
Kopf, der ihm eine vernünftige Erklärung lieferte. Das
wurmte ihn gewaltig und so plusterte er sich auf. Philipp spürte die maßlose Wut, die wie eine Welle auf
ihn überschwappte. Er bekam kaum noch Luft und sein
Magen verkrampfte sich erneut.

Gleich muss ich mich wieder übergeben. Panik stieg in
ihm hoch und er würgte. Der böse Obergedanke allerdings bemerkte von Philipps Reaktion auf seine Wut
nichts, da er ganz mit sich selbst beschäftigt war. Er
atmete laut pfeifend ein und aus und versuchte so,
seiner Wut Herr zu werden. Als ihm dabei ein kleiner
Gedanke zu nahe kam, packte er ihn im Nacken und
schleuderte ihn mit gewaltiger Kraft in die Umherste-
henden. Laut aufheulend flog der böse Gedanke in die
Menge, wirbelte einige böse Gedanken durcheinander,
die mit ihm zu Boden stürzten, während die anderen
erschrocken zurückwichen. Unruhe machte sich breit
und einige der dunklen Gestalten begannen böse zu
murren. Philipp horchte angestrengt mit gesenktem
Kopf und wagte sich nicht zu rühren.

Hoffentlich lenken ihn die bösen Schattengestalten so ab, so dass er mir einfach erlaubt, den Kristall der Reinheit zu sehen, ohne dass er sich fragt, warum ich ihn eigentlich sehen will, hoffte er inständig.

Der böse Obergedanke hatte tatsächlich mehr auf seine murrenden Untertanen, als auf den Jungen geachtet. Mit einer einzigen herrischen Handbewegung brachte er die Menge zum Schweigen. Seine Wut war verraucht. Erst dann richtete er seine Konzentration wieder voll auf den Jungen, so dass ihn Philipps Gedanken entgangen waren. Gehässig wog er ab:

Von Schaden kann es nicht sein, wenn der Junge den Kristall der Reinheit sieht, dann weiß er jedenfalls, weswegen er sich umsonst all der Gefahren ausgesetzt hat. Und der Schmerz über sein eigenes Versagen wird deutlich größer sein. Das wird für mich ein besonderes Vergnügen werden!

Ein berechnendes Lächeln huschte über sein abstoßendes Gesicht und er entschied leise: „Ich bin damit einverstanden. Aber sobald du den Kristall der Reinheit aus der Ferne gesehen hast, wirst du mir die richtige Antwort geben."

Philipp nickte, den Kopf noch immer gesenkt.

„Prima", sagte er nur und bereitete sich darauf vor, den Saal der Versammlung zu verlassen.

„Heb endlich deinen verdammten Kopf hoch und schau mir ins Gesicht, du kleines widerliches Stückchen Mensch, du! Ich hasse es, wenn sich kleine Jungen so unartig benehmen wie du es tust", schleuderte ihm der böse Obergedanke urplötzlich mit gewaltiger Wucht entgegen.

Bei dieser Stimmenlage zuckten selbst die gemeinsten Gedanken in seiner unmittelbaren Nähe zusammen. Weiter im Hintergrund kicherten einige erwartungsvoll. Ihnen schien dieses Spektakel sichtlich Spaß zu machen.

Philipp umklammerte den Stein in seiner Tasche fester. Die Innenfläche seiner Hand begann zu schwitzen, ob nun aus seiner aufsteigenden Angst heraus oder deshalb, weil sich der Stein selbst inzwischen fast kochend heiß anfühlte. Philipp dachte an das Lächeln und die schönen Augen der Königin der guten Gedanken und hob zögernd den Kopf. Er spürte all die gespannten Blicke, die jeder seiner Bewegungen gierig verfolgten.

Langsam, sehr langsam hob er den Kopf und zwang sich, die ganze Gestalt des bösen Obergedanken von unten nach oben zu betrachten. Seine klumpartigen Füße steckten in verdreckten und zerrissenen Lumpen, die dünnen Waden, dicht und schwarz behaart, in denen sich weiße Maden tummelten, wurden teilweise überdeckt von einem unheimlich schwarz glühenden Mantel, der in Fetzen den ganzen Körper bedeckte. Seine langen Arme, ebenso dünn und vertrocknet wie die Waden, ragten aus den Ärmeln hervor. Zwischen weißen Maden, die sich offenbar auch hier sehr wohlfühlten, entdeckte Philipp große Schorfplacken, die zum Teil lose an den Unterarmen herab hingen. Seine Augen bissen sich an ihnen fest und er hoffte inständig, dass der böse Obergedanke es damit genug sein ließ.

Doch er hoffte vergebens, denn die ungeduldige Bewegung seiner Arme und die berechnenden Worte, ließen keinen Zweifel daran, dass der böse Obergedanke nicht im Mindesten daran dachte, ihn von seiner Qual zu erlösen.

„Kopf hoch, heb´ deinen verdammten Schädel und schau mir endlich ins Gesicht. Ich will in deine Augen sehen! Wird's bald? Oder möchtest du, dass *ich* deinen Kopf anhebe?"

Bedrohliches Schnauben unterstrich seine Forderung. Philipp musste gehorchen, wenn er sich und seinen Plan nicht gefährden wollte und so riss er ruckartig den Kopf hoch.

Im gleichen Moment begannen sich seine Nackenhaare aufzurichten. Das, was er vor sich sah, hatte absolut keine Ähnlichkeit mehr mit einem Gesicht. Er richtete seinen Blick starr auf das verkrustete, nasenähnliche Gebilde in der Mitte des Kopfes. Zunächst meinte er, nur einen formlosen Klumpen zu sehen, der aber bei genauerer Betrachtung auf eigenartige Weise sehr lebendig war. Philipp kniff die Augen zusammen. Dieses Gebilde hatte die Form einer geöffneten Hand, deren Finger sich suchend nach allen Seiten streckten. In der Mitte klaffte ein tiefes Loch.

„Verdammt noch mal, schau mir in die Augen, aber ein bisschen plötzlich!", schnauzte der böse Obergedanke voller Ungeduld.

Langsam ließ Philipp seine Blicke höher wandern und sah dem bösen Obergedanken jetzt direkt in die Augen. Das, was ihn triumphierend angrinste, würde er sein Lebtag nicht mehr vergessen. Anstelle von Augen erblickte er rotglühende Kohlen, die sich flackernd und unruhig hin und her drehten und ständig unabhängig voneinander in unterschiedliche Richtungen schielten.

Doch immer blieb eines dieser Dinger starr auf ihn gerichtet.

Philipp bemühte sich, dieser Ausstrahlung standzuhalten. Er versuchte, sich von ihr nicht den letzten guten Gedanken in seinem Kopf verbrennen zu lassen. Aber das war unmöglich! Jetzt richtete der böse Obergedanke sogar beide rotglühenden Augenhöhlen auf ihn. Sie saugten sich in seinen Augen fest im unstillbaren Verlangen, ihm auch noch die allerletzten guten Energien aus den Augen zu ziehen.

Vollständig gelähmt stand Philipp vor ihm. Seine Füße schienen in diesem Moment mit dem steinigen Untergrund fest verbunden zu sein. Er konnte sich keinen Zentimeter mehr bewegen! Er starrte und stierte, seine Augen begannen vor lauter Anstrengung zu tränen, doch senkte er den Blick nicht, er hielt stand!

Hinter dem unruhigen Glühen erkannte er plötzlich all das Gemeine, Böse und die gesamte Heimtücke, die es geben musste. Er konnte kaum begreifen, dass es möglich war, auf so wenig Raum das Schlechteste einer ganzen Erde zu vereinen.

Plötzlich lachte der böse Obergedanke hämisch und triumphierend auf. Das Lachen erschütterte seinen ganzen Körper und sein Kopf geriet dadurch in auf und ab hüpfende Bewegungen. Dadurch verlor Philipp den Blickkontakt und es gelang ihm endlich, die Augen zu schließen, nicht aber, ohne einen letzten Blick auf die schwarze Mundhöhle geworfen zu haben, in der einige schwarze Stummel anstelle von Zähnen herausragten. Auch hier tummelten sich die weißen fetten Maden und krochen in der gesamten Mundhöhle herum.

Philipps Augen fühlten sich vollständig ausgetrocknet und verbrannt an, als ob er gerade einen Sandsturm in der Wüste überlebt hatte. Kopf und Herz waren völlig leer, er fühlte rein gar nichts und jeder positive Gedanke war wie ausgelöscht.

Nur jetzt nicht weinen, beschwor er sich selbst, bestimmt *hast du nun das Schlimmste überstanden.*

Sein ganzer Körper zitterte heftig und seine Zähne klapperten so laut aufeinander, dass er meinte, sie müssten ihm gleich ausfallen. Er hatte keine Gewalt mehr über sich, fühlte sich von einer eigenartigen Schwäche gepackt und wäre am liebsten nur noch nach unten auf die Knie gesunken. Doch wollte er dem bösen Obergedanken keine Gelegenheit geben, noch einmal über ihn herzufallen und so hielt er sich mit allerletzter Kraft aufrecht und wartete darauf, was weiter geschah.

Seine rechte Hand umklammerte immer noch den kleinen grauen Stein und trotz der Eiseskälte in dieser riesigen Höhle spürte er den Schweiß, der ihm von der Stirn tropfte.

Endlich schien der böse Obergedanke mit dem Resultat zufrieden zu sein, denn er befahl barsch:

„Bringt ihn nun zum Kristall der Reinheit, aber passt gut auf ihn auf, er darf ihm nicht zu nahe kommen!"

Mit einer herrischen Bewegung wies er den Gedanken der grausamen Unterdrückung und eine weitere Gestalt an, Philipp in ihre Mitte zu nehmen und fortzubringen.

„Ich komme dann gleich nach und höre mir deine Entscheidung an. Solltest du aber in Betracht ziehen, dich gegen uns entscheiden, dann wirst du darum betteln, nie geboren worden zu sein", rief er dem Jungen hinterher, der sich mit mühsamen Bewegungen zwischen den bösen Gedanken davon schleppte.

Trotz der Erschöpfung konnte sich Philipp lebhaft ausmalen, was ihn erwarten würde, wenn er sich gegen den bösen Obergedanken entschied. Eine Gänsehaut aus lauter Angst kroch ihm langsam den Rücken empor, was seine Begleiter fühlbar erfreute.

Die beiden bösen Gedanken trieben ihn zur Eile an und durchquerten erneut Höhlen und Gänge. Doch keine der Höhlen besaß die riesigen Ausmaße wie der Saal der Versammlung. Das registrierte ein Teil von Philipps Bewusstsein, während der andere nur versuchte, das Schritttempo zu halten. Immer noch fühlte er sich schwach und krank, obwohl hier die Bösartigkeit längst nicht mehr so stark war wie im Versammlungssaal. Er mobilisierte seine allerletzten Kraftreserven und hielt sich wacker auf den Beinen, doch jeder Schritt war eine einzige Qual. Nur der Gedanke an den Kristall der Reinheit hielt ihn noch aufrecht.

Jetzt durchquerten sie ein eng ineinander verschachteltes Höhlensystem. Die Gänge wurden schmaler und niedriger und die beiden bösen Gedanken mussten ihre großen Gestalten weit nach unten bücken, um nicht ständig an die Decke zu stoßen. Wie von Geisterhand öffneten sich immer wieder neben und manchmal auch vor Philipps Füßen tiefe Schächte, so dass nur ein einziger Fehltritt ihn in die Tiefe gerissen hätte.

„Gib acht, wo du hintrittst oder möchtest du dort unten im Sumpf der Hoffnungslosigkeit landen?", warnte der zweite böse Gedanke und lachte heiser über seinen eigenen Scherz.

„Pass auf!", brüllte er und packte Philipp hart am Haarschopf und stieß ihn im letzten Moment auf sicheren Boden. Ein kleines Steinchen fiel leise klickend den Schacht hinab und verschwand in der Tiefe. Nach einer ganzen Weile erst hörte Philipp ihn leise klatschend ins Wasser fallen.

Er sank auf die Knie und stützte seine Hände schwer atmend auf den Boden. Überraschend überkam ihm ein Gefühl der Dankbarkeit für den bösen Gedanken, der ihn gerade noch vor dem Sturz ins Nichts bewahrt hatte.

Vielen Dank", flüsterte er im Reflex und spürte den festen Grund unter Händen und Knien. Er wagte nicht daran zu denken, was passiert wäre, wenn ihn der andere nicht festgehalten hätte.

„Schon gut, Junge", brummte der böse Gedanke unwillig. „Schließlich ist es meine Aufgabe, dich sicher zu diesem blöden Kristall der Reinheit zu bringen. Los jetzt, wir müssen weiter."

Während Philipp seinen Dank aussprach, war der böse Gedanke ein großes Stück von ihm fort gerückt. Jetzt aber kam er wieder näher und der kurze Moment, der die beiden fast freundschaftlich verband, war vorüber.

Die Zeit zog sich endlos. Philipp konnte sich kaum noch auf den Füßen halten, seine Waden taten ihm weh bei jedem neuen Schritt. Die Luft stach schmerzhaft in seine Lungen und er vermochte nicht mehr zu unterscheiden, ob vor Kälte oder vor Erschöpfung. Eine bleierne Müdigkeit überfiel Körper und Geist. Alles zusammen genommen war es einfach zu viel gewesen, das auf ihn eingestürmt war. Erst die unruhige Nacht mit dem Delfin und dem Seepferdchen, daraufhin die endlose Suche im Reich der bösen Gedanken nach dem Kristall der Reinheit, die Begegnungen und Auseinandersetzungen mit all den bösen Gedanken, anschließend das Hochgefühl und die Erleichterung, den Kristall der Reinheit endlich gefunden zu haben, die sogleich von tiefster Enttäuschung abgelöst worden war. Die Kraftlosigkeit, aus der er sich immer wieder befreien musste, die Eiseskälte im Saal der Versammlung, die Begegnung mit dem bösen Obergedanken, der Blick in seine Augenhöhlen und jetzt auch noch fast der Sturz in die Tiefe. Alles zusammen ging über seine Kräfte.

Philipp stöhnte leise. Hinzu kamen noch die langen Wege in der feucht schwülen Dunkelheit in diesem schrecklichen Höhlensystem. Philipp wusste, dass er nicht mehr lange durchhalten würde.

Doch dann endlich lichtete sich die Dunkelheit etwas. Sie mussten ihr Ziel erreicht haben.

„Wir sind da", bemerkte der Gedanke der grausamen Unterdrückung und hielt Philipp vor dem Eingang einer schmalen Höhle am Rücken fest.

Philipp bemerkte die harte Hand, die sich in seinen Mantel krallte, überhaupt nicht. Sein Blick wanderte ehrfürchtig in die Höhle, aus dem ihm ein sanftes, warmes Licht entgegen schimmerte. Magisch von ihm angezogen, löste er sich mit einem Ruck aus dem festen Griff des bösen Gedanken und machte einige Schritte vorwärts. Diesen Schimmer kannte er nur zu gut von den guten Gedanken, nur war der hier wesentlich intensiver und kräftiger.

„Weiter können wir nicht in die Höhle, bleib gefälligst stehen", schnauzte der zweite böse Gedanke. „Du bleib sofort stehen, du Mistvieh von einem Menschen!"

Philipp überhörte das Geschrei und ging einfach weiter. Doch mit zwei Sätzen hatte der böse Gedanke ihn eingeholt. Seine Schattenhand schoss nach vorne, packte Philipp im Genick, riß ihn heftig zurück und schleifte ihn zum Höhleneingang zurück. Wie ein eiserner Schraubstock schloss sich die Faust fest um seinen Nacken. Die Kälte, die von dem Griff ausging, breitete sich rasend schnell im gesamten Körper aus und stoppte jeden weiteren Schritt. Verzweifelt starrte Philipp zum Lichtschein des Kristalls der Reinheit hinüber, zur völligen Bewegungslosigkeit erstarrt.

So kurz vor seinem Ziel fühlte er sich hoffnungslos wie nie zuvor. Der Kristall der Reinheit war zum Greifen nahe, aber gleichzeitig unerreichbar. Grenzenlose Leere stieg in ihm hoch. Nun begriff er plötzlich das berechnende Lächeln des bösen Obergedanken, als er ihn mit einer Geste übertriebener Großzügigkeit erlaubt hatte, den Kristall der Reinheit zu sehen.

Inständig flehend starrte Philipp auf den Kristall der Reinheit, für Worte fehlte ihm die Kraft. Der böse Obergedanke hatte gewonnen, begriff er, er konnte nichts mehr tun, um die guten Gedanken zu retten, gar nichts, er hatte jämmerlich versagt. Eigentlich war es doch von Anfang an aussichtslos gewesen, wenn er ganz ehrlich mit sich war. Wie sollte schon ein einfacher Junge, wie er es war, es mit der Böshaftigkeit einer ganzen Welt aufnehmen können? Welch irrwitzige Idee! Welche Chancen hatte er denn je wirklich gehabt?

Die Verzweiflung fing an, sich wie ein riesiger Strudel in seinem Kopf zu drehen. In der Mitte des Strudels befand sich absolute Schwärze, in die sein Bewußtsein mit aller Macht hinein gesogen wurde. Er ließ los und stürzte ins Bodenlose.

Als Philipp wieder zu sich kam, umgab ihn vollkommene Dunkelheit. Um ihn herum schien es nie auch nur den winzigsten Funken von Licht gegeben zu haben! Er konnte den Boden unter sich nicht fühlen, er konnte weder sehen, wo er sich befand, noch irgendein Geräusch hören. Er schien sich in einem Vakuum zu befinden. Seltsamer Weise war sein Bewußtsein jetzt vollkommen klar.

Wo bin ich? fragte er sich.

„Du stehst vor einer Entscheidung, Philipp", hörte er eine Stimme aus der Dunkelheit, die ihm eigenartig vertraut vorkam und wie aus weiter Ferne zu ihm sprach.

„Entweder du gibst dich jetzt vollkommen auf, dann ist es gleich vorüber und alles wird ganz einfach. Oder aber du machst weiter und bekämpfst die ohnmächtige Verzweiflung in dir. Sie ist nur so stark, weil *du* ihr die Macht über dich gibst. Du bist es, Philipp, der ihre Größe bestimmt, niemand anderes, selbst der böse Obergedanke kann es nicht. Also entscheide dich, du hast die Wahl, noch ist nichts wirklich verloren!"

Hatte die Stimme recht? War es wirklich so wie sie sagte? Hatte er selbst die Verzweiflung in sich so stark gemacht? Und war somit nicht der böse Gedanke Schuld an seiner Verzweiflung, sondern ganz allein er selbst?

Er richtete sich auf und fühlte plötzlich wieder den Boden unter seinen Füßen. Er konnte sich wieder bewegen! Was für ein Gefühl! Die Erstarrung fiel von ihm ab und er machte mehrere Schritte nach vorne. Die Schattenhand löste sich aus seinem Nacken und er ging anfangs unsicher und leicht torkelnd, doch dann immer sicherer werdend weiter in die Höhle hinein und auf den Kristall der Reinheit zu. Und je näher er kam, desto klarer wurde es auch, dass er nicht aufgeben würde. Sein Kampf war nicht verloren, entschied er. Er gab der verzweifelten Ohnmacht in sich keine Energie mehr, das stand fest!

Er erreichte den Kristall der Reinheit und blieb stehen.

Tatsächlich, der König der guten Gedanken hat Recht, jubelte es in ihm, denn er spürte, wie sich jetzt die verzweifelten, entmutigenden und bösen Gedanken endgültig aus seinem Kopf verabschiedeten, die sich seit der Begegnung mit dem bösen Obergedanken in der Höhle der Versammlung in ihm eingenistet hatten und der eigenen, tiefen Verzweiflung in ihm einen so guten Nährboden geboten hatten.

Lange betrachtete er den Kristall der Reinheit. Eine wundersame Ruhe durchflutete ihn und seine Beine fühlten sich erfrischt und leicht an. Der stechende Schmerz in den Waden war verschwunden. Befreit atmete er auf und trat ganz nahe an den Kristall der Reinheit heran. Vorsichtig legte er beide Hände auf seine Oberfläche und spürte sogleich die Wärme, die der Kristall der Reinheit ausstrahlte und die jetzt in seinen Handflächen vibrierte, bevor sie begann, den ganzen Körper zu durchströmen.

In diesem Moment durchfuhr ihn eine blitzartige Erkenntnis, die ihn fast den Boden unter den Füßen weg zog. Die Stimme, die aus der Dunkelheit zu ihm gesprochen hatte, war seine eigene! Daher war sie ihm so eigenartig vertraut vorgekommen. Er hatte zu sich selbst gesprochen? Doch woher nahm er nur diese Einsicht, dass er selbst bewusst bestimmte, welchen Gefühlen er Macht über sich verlieh und welchen nicht? Dass er selbst darüber entschied, ob Gefühle wie Verzweiflung, Ohnmacht oder Erstarrung ihn bestimmten oder Gefühle wie Kraft, Mut und Zuversicht?

Er schüttelte den Kopf und riss sich von diesen Überlegungen los. Jetzt konnte er sich nicht erlauben, dieser Frage nachzugehen, jetzt nicht. Im Moment ging es allein darum, wie er und der Kristall der Reinheit hier möglichst rasch herauskamen und um nichts weiter! Er warf einen zärtlichen Blick auf den Kristall der Reinheit und dachte: *Ich habe es geschafft, ich habe dich gefunden, nun wird alles gut*.

Nun endlich würde er den zweiten Teil seines Planes umsetzen können. Der erste hatte darin bestanden, zum Kristall der Reinheit vorzudringen und durch ihn wieder zu Kräften zu kommen. Im zweiten wollte er versuchen, mit dem Kristall, dessen Kraft und Ausstrahlung ihn gewiss schützen würden, das Reich der bösen Gedanken möglichst rasch wieder zu verlassen.

Doch er hatte nicht mit dem bösen Obergedanken gerechnet.

„Was habt ihr Hurenböcke getan?", die schrille Stimme des bösen Obergedanken holte ihn sekundenschnell in die Wirklichkeit zurück.

„Ihr habt ihn in die Höhle zum Kristall der Reinheit gehen lassen gegen meinen ausdrücklichen Befehl? Er sollte den Kristall der Reinheit nur von weitem zu Gesicht bekommen, mehr nicht! Das hatte ich doch glasklar angeordnet, so eine Schweinerei! Verdammte Kerle! Wie könnt ihr nur so krank und blöd sein! Das wird euch gleich teuer zu stehen kommen! Los, ergreift sie, bringt sie weg von hier, ich will sie nie, aber auch wirklich nie wieder sehen. Bringt sie zum Schacht der Gedanken fressende Python und werft sie hinein."

Die beiden bösen Gedanken, denen dieses Urteil galt, heulten laut und qualvoll auf vor lauter Angst. Philipp hörte, wie sie von anderen bösen Gedanken gepackt und dann offenbar weggeschleift wurden. Das Geräusch, das dabei entstand, als sie über den steinigen, unebenen Untergrund gezogen wurden, klang schrecklich und er hielt sich für einen kurzen Moment die Ohren zu. Dann aber ließ er schnell wieder die Arme sinken, war doch die Gefahr zu groß, dass er die Absichten des bösen Obergedanken überhören könnte. Philipp meinte, in der Ferne noch das Jammern und Klagen der beiden Verurteilten aus den Stimmen der anderen bösen Gedanken herauszuhören. Was man ihnen antun würde, daran wagte er nicht zu denken. Sie sollten vernichtet werden – das war möglich? Ein kleiner Teil von ihm bedauerte es, doch im Grunde genommen interessierte es ihn im Moment herzlich wenig, gehörten sie doch immer noch zu den bösen Gedanken, die das Negative in der Welt verstärkten.

„Nun zu dir, du kleines Stück Mensch. Wie hast du dich entschieden? Ich erwarte deine Antwort und zwar die richtige", rief ihm der böse Obergedanke dröhnend zu. Er wagte sich ganz offensichtlich nicht in das Innere der kleinen Höhle hinein.

Philipp beobachtete, wie er sich seine ausgezehrte, weißknochige Hand vors dämonische Gesicht hielt.

Er kann das Licht nicht ertragen, dachte der Junge erleichtert, *das kann mir sehr helfen!* Sein Herz frohlockte, doch hielt das Glücksgefühl nur wenige Sekunden an.

„Antworte", schnappte der böse Obergedanke drohend, die eine Hand immer noch vor den glühenden Augenhöhlen, die er nicht schließen konnte, weil so etwas wie Augenlider fehlten.

Philipp ließ sich Zeit. Hier, in der Höhle fühlte er sich einigermaßen sicher. Er konnte entscheiden, wann er reagierte. Und das war ein sehr gutes Gefühl.

„Ich habe mich entschieden", erwiderte Philipp nach einer Weile nachdrücklich und nahm für die Antwort seine ganze Kraft zusammen.

„Ich werde zusammen mit dem Kristall der Reinheit euer Reich verlassen und zum Volk der guten Gedanken zurückkehren. Und du wirst mich nicht daran hindern können!"

Die Stimme überschlug sich, als der böse Obergedanke vor Wut aufschrie. Er tobte und drohte:

„Wenn du nicht tust, was ich von dir erwarte, schicke ich dir sämtliche grausamen und bösen Gedanken auf den Hals. Sie werden dich zwingen, mir zu gehorchen. Jetzt schon wird es dir schlecht ergehen. Offenbar hat dich der Kristall der Reinheit völlig verwirrt. Ich rate dir, mir zu folgen. Denn wenn du dich jetzt noch einmal weigerst, wirst du bald wünschen, niemals geboren worden zu sein. Ich kann dich nur an meine Worte von vorhin erinnern!"

Philipp ergriff eine seltsame Ruhe, seine Hände lagen weiterhin auf der Oberfläche des Kristalls der Reinheit. Der böse Obergedanke konnte ihm zwar mit Worten drohen, aber im Moment nicht wirklich Angst machen. Er fühlte sich hier, ganz nahe bei dem Kristall der Reinheit, geborgen. Er spürte die wohltuende Wärme des Kristalls, die ihm erneut durch beide Arme lief.

„Warum kommst du nicht selber hierher und holst mich hier einfach heraus?", forderte er den bösen Obergedanken heraus.

Dieser fluchte gotteslästerlich, wagte sich aber offenbar keinen einzigen Schritt näher heran. „Warum schickst du deine bösen Gedanken vor? Traust du dich etwa nicht selbst hinein?"

Pfeifend stieß der böse Obergedanke die Luft aus seiner Nasenöffnung, die Nasententakel bewegten sich vor lauter Aufregung heftig hin und her.

„Ich gehe jetzt", sagte Philipp nach einiger Zeit fest, als der böse Obergedanke nicht antwortete.

Nun aber tat sich ein neues Problem vor ihm auf, denn der Kristall der Reinheit war fast so groß wie er selber. Er überlegte hastig, wie er ihn transportieren könnte. Inzwischen hatte er einiges dazu gelernt und so setzte er jetzt gezielt seine Gedankenkraft ein. Er trat einen

Schritt vom Kristall der Reinheit zurück, das Gesicht fest auf den Kristall gerichtet, schloss die Augen, streckte beide Hände mit den Handflächen nach oben und stellte sich vor, wie der wunderbare Kristall der Reinheit kleiner und immer kleiner wurde und schließlich in seiner Hand Platz fand. Er glaubte fest daran, dass es gelingen würde. Es musste einfach so sein, denn auf welche Weise sollte er den Kristall der Reinheit sonst von hier wegschaffen?

Lange Zeit hielt er die Augen fest geschlossen und verharrte in diesem Bild. Doch tat sich nichts.

Ich darf nicht aufgeben! Er spürte, wie seine Arme langsam erlahmten und er konzentrierte sich noch einmal stärker. Er setzte seine gesamte Gedankenkraft ein. Es musste einfach gelingen, es gab keinen anderen Ausweg! Draußen lauerte der böse Obergedanke und wartete nur darauf, dass er aufgab! *Halte durch, Philipp, du schaffst es,* hörte er mit einem Mal die Stimme seiner Mutter in seinem Kopf.

Was tat sie denn plötzlich in seinen Gedanken? Und woher wusste sie, dass er gerade jetzt Unterstützung brauchte? Ihr Vertrauen in ihn gab ihm einen erneuten Energieschub und er hob die Arme wieder höher, da sie sich inzwischen langsam nach unten gesenkt hatten.

Schließlich spürte er in seinen Händen die gleiche angenehme Wärme wie zuvor auf der Oberfläche des Kristalls. Endlich! Er öffnete die Augen. In seinen Händen lag beruhigend schwer und in passender Größe der Kristall der Reinheit!

Ich habe es tatsächlich geschafft, lachte er befreit. In diesem Moment fühlte er sich allen bösen Gedanken weit überlegen, den bösen Obergedanken inbegriffen!

Es war ihm geglückt und Philipp dachte siegesgewiss: *Ich kann es, ich kann es wirklich!*

„Ich gehe jetzt", rief er dem bösen Obergedanken zu, der die ganze Zeit vor der Höhle lauernd auf und ab gegangen war, seiner Ungeduld und ohnmächtigen Wut ausgeliefert, da er nicht begriff, was im Innern der Höhle tatsächlich vor sich ging.

Mit seinem Bewusstsein hatte er versucht, den Lichtschutz des Kristalls der Reinheit zu durchdringen, der ihn daran hinderte, die Gedanken des Jungen zu erfassen. Es war ihm trotz allergrößter Anstrengung nicht gelungen! Wie er diesen Kristall der Reinheit hasste! Er, der böse Obergedanke, hatte diesem Kind mit dem Kristall in diesem Augenblick nichts, aber auch wirklich gar nichts entgegen zu setzen. Welch ungeheure Schmach für ihn! Er ballte die knochigen Finger seiner rechten Hand so fest zusammen, dass sie knirschten und es war das erste Mal, dass er seine Idee verfluchte, diesen Kristall der Reinheit zu sich ins Reich der bösen Gedanken entführt zu haben!

Energischen Schrittes verließ der Junge die kleine Höhle und ging aufrecht an dem bösen Obergedanken vorbei, der sich jetzt vor lauter zerstörerischer Wut, die sich in diesem Moment ganz gegen ihn selbst richtete, zusammenkrümmte und laut aufheulte. Dieser fürchterliche Klang hätte Philipp noch vor wenigen Momenten die Haare zu Berge stehen lassen, doch jetzt, mit dem Kristall der Reinheit in seinen Händen, konnte er ihm nichts anhaben!

Als er am bösen Obergedanken vorüber ging, hielt er den Blick fest auf den Kristall gerichtet, um diesem Widerling nicht ein zweites Mal in die glühenden bösartigen Augenhöhlen schauen zu müssen.

Der böse Obergedanke konnte den Jungen mit dem Kristall nicht aufhalten. Doch lief er sofort hinter ihm her und heftete sich an seine Fersen.

Aus den Augenwinkeln im Lichtschein des Kristalls der Reinheit sah Philipp den riesigen Schatten des bösen Obergedanken drohend an den Wänden hinter sich her hasten.

Gefangen

Aber noch gab sich der böse Obergedanke keineswegs geschlagen, er wagte einen letzten Versuch, den Jungen
am Gehen zu hindern.

„Bringe den Kristall der Reinheit in die
Höhle zurück" schnurrte er plötzlich mit zuckersüßer,
verführerischer Stimme. „Denke daran, das Volk der
guten Gedanken wird es dir nicht danken, dass du all
diese Gefahren für sie auf dich nimmst. Aber hier, hier
mein lieber Junge, wirst du mit allem belohnt, was dein
Herz begehrt. All deine Sehnsüchte, all deine heimlichs-
ten Wünsche werden bei uns in Erfüllung gehen! Wir
werden dich auf Händen tragen und du erreichst alles,
was du dir jemals gewünscht hast. So gut wie hier wird
es dir nirgendwo anders auf der Welt ergehen. Lass ab
von deinem unsinnigen Vorhaben und komm einfach
zurück zu mir. Das ist ganz leicht, hier bei uns bist *du*
der Größte. Ich teile auch meine Macht mit dir. Komm
zurück, komm nur zurück! Nirgendwo wird es dir besser
ergehen als hier", setzte er noch einmal eindringlich
nach.
Die Worte holten ihn ein, umtanzten ihn, säuselten
lieblich und krochen förmlich in Philipps Ohren. Die
Stimme schmeichelte, lockte, beschwor und Philipp
beschlich das Gefühl, dass nicht der böse Obergedanke
zu ihm sprach, sondern die Königin der guten Gedanken selbst. Er meinte, ihre Stimme statt seiner zu hören. Und diese Stimme nahm ihn derart gefangen, dass
die Versuchung immer größer wurde, ihr einfach Folge

zu leisten. Es war tatsächlich ganz leicht und vollkommen einfach!

Er musste es nur tun, stehen bleiben, sich umdrehen und zurück gehen. Befand er sich denn nicht bereits längst wieder innerhalb der Glaskuppel im Reich der guten Gedanken? Wo stand die Königin der guten Gedanken, die gerade zu ihm gesprochen hatte? Konnte die Rückreise so schnell verlaufen sein, dass er sich an sie nicht mehr richtig erinnerte? Nach all dem, was er bereits bis heute erlebt hatte, war das nur zu gut möglich und schien mit einem Mal selbstverständlich und ganz logisch zu sein. Schließlich lag eine anstrengende und kraftraubende Zeit hinter ihm. Er musste den Rückweg einfach verschlafen oder ganz vergessen haben!

„Komm her, ruh dich aus und du wirst von uns auf Rosen gebettet. Du wirst von uns als Held gefeiert", flüsterte die Stimme, die immer schon vor ihm zu wissen schien, was gerade in ihm vorging.

„Geh zurück in die kleine Höhle und bring den Kristall der Reinheit wieder an seinen Platz zurück. Dort ist er sicher, dort gehört er hin. Dort werden all die bösen Gedanken gereinigt, die sich hierher zu uns verirren."

Wie in Trance drehte sich Philipp um und ging langsam wieder auf die Höhle zu. Seine Beine folgten einfach der Stimme, die ihn Schritt für Schritt zu sich lockte, so als ob er an einem unsichtbaren, langen Band hing, das ihn mit jedem Schritt stärker heran zog. So kam er der Höhle immer näher und der Schatten des bösen Obergedanken an der Wand schien ihn schon zu umarmen.

Da begann plötzlich der Kristall der Reinheit in seinen Händen zu funkeln und unruhig zu flackern und der Stein in seiner Tasche wurde so heiß, dass er ihm durch den Stoff hindurch fast die Haut verbrannte.

Beides brachte Philipp wieder zu sich. Er hob den Kopf und starrte auf den Kristall der Reinheit in seiner Hand. *Was tue ich hier?* fragte er sich verwirrt. *Wo bin ich? Sieht der Platz im Reich der guten Gedanken wirklich so aus, an dem der Kristall der Reinheit gehört?* Plötzlich fiel ihm ein, dass er diesen Ort im Reich der guten Gedanken nie gesehen hatte. So setzte er sich erneut in Bewegung und dachte:

Dann bringe ich dich also endlich wieder an deinen richtigen Platz zurück. Die guten Gedanken werden wieder so hell leuchten wie sie es einst taten und ihre positive Kraft wird wieder unsere Welt bereichern!

Siegesgewiss trug er den Kristall der Reinheit vor sich her, im Gefühl seine Aufgabe hervorragend erfüllt und den Kristall wieder zurück ins Reich der guten Gedanken gebracht zu haben.

Doch jäh riss er die Augen weit auf und starrte in die lächelnd verzerrte Fratze des bösen Obergedanken. Sein faulig stinkender Geruch biss sich in seinem Rachenraum fest und brachte Philipp zum Niesen. Kaum hatte er den Kopf angehoben, verbrannte ihm das tükkische Glühen in den Augenhöhlen die Netzhaut, da der böse Obergedanke jetzt ganz nah vor ihm stand. In Sekundenschnelle brachte der Schmerz Philipp vollständig zu sich und er wusste plötzlich wieder, wo er sich befand.

Er begriff, in welche Gefahr er sich und den Kristall der Reinheit gebracht hatte. Kaum hatte er das verstanden, da drehte er sich abrupt auf dem Absatz um und lief davon. Der böse Obergedanke blieb einen Augenblick lang fluchend zurück.

Zwar kannte Philipp den Weg nach draußen nicht, aber er musste jetzt einfach darauf vertrauen, dass er ihn finden würde. Er war soweit gekommen, dass er jetzt ganz einfach nicht mehr scheitern durfte!

In seinen Gedanken wandte er sich an den Kristall der Reinheit und flehte:

Hilf du mir, den Weg hier herauszufinden, weg von all diesen schrecklichen Gedanken und gemeinen Versuchungen! Führe mich zurück zum Tor, wo der Delfin und das Seepferdchen auf uns warten, bitte. Du musst mir helfen, sonst sind wir verloren. Allein schaffe ich es nicht, sie sind zu stark.

Er lief weiter, den bösen Obergendanken und seine Anhänger im gehörigen Abstand hinter sich. Er hörte ihr Rascheln, die vielen tapsenden, scharrenden Füße, die hinter ihm her huschten und das Geflüster, das mal stärker und mal schwächer war.

Unbeirrt lief er weiter. Das einzige, das jetzt zählte war, den Ausgang aus dem Reich dieser unglaublich bösen Gedanken zu finden!

Und der Kristall der Reinheit schien ihn tatsächlich zu unterstützen. Sobald Philipp den verkehrten Weg einschlug, wurde sein Schein dunkler, wählte er den richtigen, erstrahlte er wieder in seinem goldgrünen, schimmernden Licht.

Der Junge fühlte mehr als dass er sah, wie ihm unzählige dunkle Schatten entgegen eilten und abwehrend die bleichen Knochenhände erhoben, sobald sie in den Schein des Kristalls der Reinheit gerieten. Auf ihre Weise versuchten sie ihn aufzuhalten, denn dazu hatten sie den Befehl vom bösen Obergedanken erhalten. Doch die Macht des Kristalls der Reinheit war stärker, die dunklen Gestalten waren ihr nicht gewachsen.

Ab und zu vernahm Philipp ein leises Zischen, so als ob jemand Wassertröpfchen in eine Kerze sprühte. Er konnte sehen, wie kleinere, weniger dunkle Gedanken so stark von dem Kristall der Reinheit angezogen wurden, dass sie geradezu in ihn hinein gesogen wurden. Sie verschwanden vollständig in ihm. Dann flackerte das Licht des Kristalls der Reinheit kurz auf, wurde für einen winzigen Augenblick dunkler und der Junge vernahm das leise Zischen. Anschließend schimmerte das Licht wieder ruhig und klar.

Das waren die Momente, in denen der Kristall der Reinheit böse Gedanken in gute verwandelte. Jedes Mal, wenn er das vollbracht hatte, wurde er anschließend ein wenig heller.

Der Junge war dermaßen gefangen von diesem Vorgang, dass er gar nicht mehr darauf achtete, wohin er lief. Seine Füße hatten ein Eigenleben entwickelt, sie fanden den Weg von allein, rannten und rannten. Den inzwischen schon vertrauten Schmerz in seinen Waden, der sich wieder eingestellt hatte, spürte er nicht mehr und seine Füße fanden überall Halt. Ab und zu stieß er gegen kleinere Steine, die, wenn er sie traf, mit einem leisen Klacken gegen die Höhlenwände prallten oder in die Tiefe herabfielen.

Bald habe ich es geschafft, es kann nicht mehr weit sein! Ein angenehmes Gefühl durchlief ihn, wenn er sich ganz auf die Freude einließ.

Doch unvermittelt wuchs direkt vor ihm ein riesiger schwarzer Schatten aus dem Boden. Er füllte den schmalen Gang so vollständig aus, dass Philipp nicht an ihm vorbei kam.

„Nun ist die Zeit meiner Rache gekommen", dröhnte es so laut, so dass die Worte von den Wänden zurück hallten.

„Jetzt hab ich dich! Keiner kann mich jetzt noch daran hindern, dich platt zu machen! Nicht einmal der böse Obergedanke!"

Der Fluchgedanke, schoss es Philipp durch den Kopf. Mitten im Lauf blieb er stehen, so dass der Kristall der Reinheit in seinen Händen gefährlich zu schwanken begann. Schnell verlagerte er das Gewicht des Kristalls in seine rechte Handfläche und legte die linke Hand schützend über ihn. Dann richtete er seine volle Aufmerksamkeit wieder auf den Fluchgedanken, der jetzt den gesamten Querschnitt des Durchgangs ausfüllte, beide Arme herausfordernd ineinander verschlungen. Aufmerksam lauernd verfolgte er jede einzelne von Philipps Bewegungen.

„Nun? *Wie* möchtest du sterben? Gib es eine Art, der du den Vorzug gibst?", höhnte er.

Philipp begriff, dass es zwecklos war zu fliehen. Wenn er sich umdrehte und in den Gang zurücklief, würde er seinen Verfolgern direkt in die Arme rennen. Und der

Fluchgedanke würde ihm sofort an den Fersen kleben. Dann hätte er es mit mehreren Gegnern gleichzeitig zu tun. Das konnte nicht gut gehen!

So blieb er mit zitternden Knien stehen, atmete einmal tief durch, bat den Kristall der Reinheit um Unterstützung und sagte höflich:

„Ich habe nicht die Absicht zu sterben. Bitte gib den Weg frei, ich muss meine Aufgabe zu Ende bringen."

„Und du glaubst allen Ernstes, dass ich dich gehen lasse?"

Der Fluchgedanke lachte so böse, dass Philipp zu frösteln begann. „Komm her, ich warte nicht länger auf dich."

Doch Philipp rührte sich nicht. Da bewegte sich der Fluchgedanke drohend auf den Jungen zu.

Plötzlich wurde Philipp von Panik ergriffen. Die Situation erschien aussichtslos. Es gab keinen Rückzugsort für ihn. Von vorn und hinten war er eingekesselt und links und rechts umgaben ihn mächtige Felswände. Verzweifelt warf er einen Blick nach oben und entdeckte plötzlich im Lichtschimmer des Kristalls der Reinheit etwas seitlich, unterhalb der Höhlendecke einen kleinen unscheinbaren Spalt.

Ob ich da wohl hindurch passe?

Er ließ es darauf ankommen. Gedanke und Handeln waren eins und mit einem mächtigen Sprung stieß er sich vom Boden ab. Gleichzeitig ließ er den Kristall der Reinheit in den Ausschnitt seines T-Shirts gleiten, bis er Halt fand auf seiner Gürtelschnalle und griff mit beiden nun freien Händen nach den Steinen links und rechts des Spaltes. Seine Finger krallten sich in den rauhen

Fels und mit letzter verzweifelter Kraft zwängte er sich durch die kleine Öffnung. Seine Beine schrammten am Stein entlang. Er achtete nicht auf den brennenden Schmerz, der ihn durchfuhr. Auf ein paar Schnitte und Schrammen mehr oder weniger kam es jetzt nicht mehr an.

„Geschafft!", seufzte er erleichtert.

Doch im gleichen Moment spürte er die Eiseskälte, die seinen linken Fuß ergriff. Der Fluchgedanke hatte seinen Fuß gepackt und zog mit aller Kraft daran. Stück für Stück wurde Philipp wieder aus der winzigen Höhlung herauszogen. Er strampelte mit beiden Beinen und trat mit dem rechten Fuß nach dem Fluchgedanken. Gleichzeitig griffen seine Hände nach den Vorsprüngen im Felsen und klammerten sich daran fest.

Gleich hat er mich. Eine namenlose Verzweiflung überfiel ihn und Tränen rannten ihm die Wangen herunter, doch er spürte sie nicht. Er war ganz damit beschäftigt, sich aus dem festen Griff des Fluchgedanken zu befreien und strampelte und stieß, trat allerdings immer wieder ins Leere.

„Du da! Lass ihn los, sofort, er gehört mir!" Die Stimme des bösen Obergedanken fegte wie eine Furie durch den Höhlengang und ließ etliche Steine aus den Wänden brechen und geräuschvoll zu Boden fallen.

Augenblicklich verharrte der Fluchgedanke in seinen Bewegungen, ließ aber den Fuß des Jungen nicht los. Im Gegenteil, sobald er die Bedeutung des Befehls begriffen hatte, verstärkte er seine Bemühungen und hängte sich mit aller Macht an das Bein. Philipp spürte den Schmerz und die Kälte bis hinauf in seinen Kopf steigen.

„Nein!", schrie er und wehrte sich noch heftiger. Doch es half nichts, er wurde heruntergezogen und landete nur wenige Zentimeter vor dem Fluchgedanken auf dem steinigen Untergrund. Gelähmt vor Erschöpfung, Kälte und Verzweiflung sank Philipp zu Boden und blieb einfach liegen. Er hatte verloren, jetzt wurde alles egal.

Doch der Fluchgedanke war keineswegs bereit, sich dem Befehl des bösen Obergedanken zu beugen. Er packte den Jungen im Nacken, zog ihn hoch, warf ihn sich über die Schulter und rannte mit langen Sprüngen in die Dunkelheit davon. Das wütende Geheul des bösen Obergedanken wurde leiser und blieb schließlich ganz zurück.

Von all dem bekam Philipp kaum etwas mit. Zwar hatte er begriffen, dass der Fluchgedanke ihn gepackt und hochgezogen hatte, aber fast gleichzeitig war er in eine innere Starre verfallen. So spürte er auch kaum, wie sich die beißende Kälte, die der Fluchgedanke ausstrahlte, langsam in seinen gesamten Körper hinein fraß und sich an die letzten guten Gefühle in seinem Herzen heran schlängelte.

Erst durch ein unangenehmes Druckgefühl in seinem Bauch wurde er wieder wach und öffnete mühsam die Augen. Nichts als Dunkelheit umgab ihn, doch er registrierte, dass er über der Schulter des Fluchgedanken hing. Ein starker Brechreiz überkam ihn, denn der Geruch des Gedanken war schlichtweg widerlich. Seine Ausdünstungen wurden noch verstärkt durch die Anstrengung des raschen Laufens. Und endlich begriff

Philipp, dass es der Kristall der Reinheit war, der sich in seinen Bauch bohrte.

Natürlich, der Kristall der Reinheit! Du bist meine Rettung!

Doch bevor er weiter darüber nachsinnen konnte, waren sie in einer versteckt liegenden Senke angelangt, in die sich der Fluchgedanke hinein gleiten ließ. Er kroch in den schmalen Gang hinein, den er erspäht hatte, richtete sich schließlich in einem nach oben offenen senkrechten Schacht wieder auf und ließ Philipp von der Schulter auf den Boden gleiten. Sein Atem ging rasch und Philipp, der ihn unter halb geschlossenen Augenlidern hervor beobachtete, stellte fest, dass selbst der böse Gedanke reichlich erschöpft war.

Seine Kraftlosigkeit kann mir sehr nützen, denn so wie er jetzt aussieht, kann er sicherlich nicht sofort über mich herfallen.

Der Fluchgedanke sah auf und starrte Philipp abschätzend an.

Hast du etwa meine Gedanken gelesen? fragte Philipp ängstlich.

Er rang sich ein mühsames Lächeln ab und schluckte seine Sorge herunter.

Ich muss Zeit gewinnen und aufpassen, dass er meine Angst nicht ausnutzt, um wieder zu Kräften zu kommen.

Mehr Gedanken gestattete er sich nicht und holte vorsichtig den Kristall der Reinheit unter seinem T-Shirt hervor. Der schimmerte matt und der Fluchgedanke machte augenblicklich einen riesigen Satz nach hinten.

Zerstöre ihn, sofort!", befahl er mit krächzender Stimme und drehte den Kopf weg. Er konnte den Anblick des Kristalls der Reinheit nicht ertragen und drängte sich an die hintere Wand des Schachtes.

Philipp schob den Kristall der Reinheit hinter seinen Rücken, ließ aber seine linke Hand unauffällig auf ihm liegen. Die sanfte Wärme löste ganz langsam die Eiseskälte aus seinen Gliedern.

„Kann ich nicht", flüsterte er heiser und schob heimlich die andere Hand in seine Hosentasche, um den kleinen grauen Stein zu umfassen. Er räusperte sich, um die Heiserkeit aus seiner Kehle zu vertreiben.

„Und wie geht's jetzt weiter?", fragte er leise, als der Fluchgedanke nichts erwiderte.

„Still, sie kommen! Rühr dich nicht und stell dich tot. Wenn sie uns entdecken sind wir beide geliefert", zischte der Fluchgedanke und sackte im gleichen Moment in sich zusammen.

Philipp horchte angestrengt in die Dunkelheit. Zunächst konnte er nichts hören, doch waren Gedanken sicherlich in der Lage, sich gegenseitig viel früher wahrzunehmen als er es vermochte. Doch dann hörte er sie auch. Verschiedene Stimmen fluchten, riefen und schrieen wild durcheinander, die eine unangenehmer als die andere. Philipp meinte, auch die des bösen Obergedanken heraus zu hören und er duckte sich automatisch tiefer auf den Boden, als ob der böse Obergedanke ihn dadurch eher übersehen würde.

„Still", zischte der Fluchgedanke scharf. „Kein Gedanke darf dir durch den Kopf gehen, nicht ein einziger!"

Philipp sackte noch mehr in sich zusammen, rührte sich nicht und schloss die Augen. Aufmerksam verfolgte er die Diskussion, die ganz in ihrer Nähe stattfand. Die

Gedanken waren sich uneins, wohin sie sich wenden sollten. Offenbar hatten sie ihre Spur verloren. Sie zankten und stritten miteinander. Doch schließlich teilten sie sich in mehrere Gruppen auf, um gleichzeitig in verschiedenen Gängen suchen zu können.

Es dauerte eine ganze Weile, bevor die Stimmen leiser wurden und sich alle bösen Gedanken schließlich ganz von ihnen entfernten.

Vorsichtig öffnete Philipp die Augen und blinzelte. Er fühlte sich schon etwas besser. Die Zwangspause hatten Körper und Seele gut getan. Außerdem hatte er Verbindung zum Kristall der Reinheit und zum kleinen grauen Stein, so dass die Kälte, die weiter vom Fluchgedanken zu ihm hinüber strömte, größtenteils wieder ausgeglichen wurde.

Der Fluchgedanke hockte immer noch völlig in sich zusammen gesunken vor ihm und rührte sich nicht.

Langsam richtete sich Philipp in die Senkrechte auf und wartete gespannt. Doch der böse Gedanke nahm von ihm keinerlei Notiz.

Das ist vielleicht die beste Gelegenheit zur Flucht, dachte er vorsichtig und verstaute mit langsamen, verhaltenen Bewegungen den Kristall der Reinheit wieder vor dem Bauch unter seinem T-Shirt, direkt auf der Gürtelschnalle. Langsam kriechend bewegte er sich auf den Gang zu.

Gleich habe ich es geschafft, bin ich draußen, dachte er freudig und spürte Erleichterung, endlich von dem Fluchgedanken wegzukommen.

„Bleib!", die zischende, kalte Stimme des Fluchgedanken ließ ihn auf der Stelle innehalten.

Philipp erstarrte unter der Schärfe dieses einen Wortes.
„Komm sofort zurück. Wenn du glaubst, ich habe das alles nur aus lauter Vergnügen auf mich genommen, so hast du dich gründlich getäuscht. Wird´s bald, bewege deine morschen Knochen, aber ein bisschen plötzlich!"
Die Hoffnung zerplatze in tausend Stücke und Philipp kroch enttäuscht zurück in den engen Schacht. Er bemühte sich, möglichst weit entfernt von dem Fluchgedanken Platz zu nehmen.
Doch der Fluchgedanke registrierte das sofort.
„Komm näher, setz dich genau wieder dorthin, wo du vorhin gesessen hast!", bellte er.
Philipp blieb nichts anderes übrig, als dem Befehl Folge zu leisten. Geknickt senkte er den Kopf, nicht aber ohne beide Hände möglichst beiläufig auf sein T-Shirt zu legen, unter dem sich der Kristall der Reinheit befand. Nach einer Weile fragte er vorsichtig:
„Was willst du denn jetzt mit mir machen?"
„Lass dich überraschen, ich werde mich an dir schon noch rächen, darauf habe ich dir einen kräftigen Fluch gegeben. Aber ich bin mir noch nicht ganz sicher, wie es machen werde, auf alle Fälle werde ich ein höllisches Vergnügen daran haben. Lass mich darüber nachdenken. Außerdem muss ich abwarten, ob unsere Verfolger zurückkommen, bevor ich handle. Schließlich werde ich mir von ihnen meine wohl verdiente Rache nicht vorzeitig verderben lassen! Wir bleiben solange hier, bis ich etwas anderes entscheide. Also halt endlich deine geschwätzige Klappe und lass mich gefälligst solange in Ruhe!"

Der Fluchgedanke, der zwischenzeitlich aufgestanden war, setzte sich wieder und verfiel erneut in eine todesähnliche Starre.

Philipp kauerte sich zusammen, machte es sich einigermaßen bequem, sofern das überhaupt auf dem felsigen Untergrund möglich war und wartete ab. Am liebsten hätte er, nachdem er seinen Schock, bei der Flucht erwischt worden zu sein, überwunden hatte, neue Pläne geschmiedet, doch wagte er sich nicht daran. Die Energie seiner Gedanken konnte den Fluchgedanken erneut aktivieren und zu einer Entscheidung treiben, auf welche Weise er ihn am besten quälen konnte und zu vernichten beabsichtige.

So verfiel auch er nach kurzer Zeit in eine eigentümliche innere Starre, leer und erschöpft wie er jetzt wieder war. Und ohne es überhaupt noch zu bemerken, dämmerte er schnell hinüber in einen unruhigen Schlaf. Und so flüchtete sich sein Geist in Erinnerungen, kehrte zurück an den weißsandigen Strand des Meeres, in dessen Nähe er lebte, an den Ort, den er so liebte, an dem er sich frei fühlte von den täglichen Pflichten der Schule, den Blick ausgerichtet auf den endlosen Horizont des Meeres.

Hierher begab sich sein Geist, um aufzutanken und um in die Sicherheit seines Lebens zurückzukehren.

Er spürte die Wärme der Sonne auf seiner Haut, genoss sie nach den langen, endlosen Regentagen und ein Lächeln huschte über sein schlafendes Gesicht.

Erinnerungen

Ein entferntes Platschen, das fast wie das leise Rascheln eines trockenen Blattes klang, riss ihn aus seiner Trägheit. Suchend ließ Philipp den Blick über die Weite des Wassers wandern. Endlich entdeckte er einen kleinen Punkt am Horizont, der rasch größer wurde. Die Trägheit fiel jetzt völlig von ihm ab. Aufgeregt hob er hob beide Arme und winkte.

Der Delfin erhob sich aus dem Meer und machte einen eleganten Salto. Dann schwamm er so nah wie möglich an das Ufer heran und wartete. Die Schwanzflosse schlug auffordernd auf das Wasser. Vor Freude über das Wiedersehen sprang Philipp von einem Fuß auf den anderen.

Sein erster Ausflug mit dem Delfin war so eindrücklich gewesen, dass das Tier immer wieder in seinen Gedanken war und er inständig gehofft hatte, ihn noch einmal wiederzusehen. Er erinnerte sich an die rasante Fahrt durchs Wasser, bei der er sich an der glatten Rückenflosse festhalten hatte und gar nicht genug davon bekommen konnte. Das Gefühl von Freiheit und Glück, das ihn durchströmt hatte, ließ sich kaum in Worte fassen. So schnell hätte er sich allein nie durchs Wasser bewegen können, obwohl er ein trainierter Schwimmer war. Wann immer sich eine Gelegenheit dazu ergab, sprang er ins Meer, wenn Zeit und Wetter es erlaubten. Und so spürte er auch jetzt wieder die Vorfreude über ein neues Treffen mit dem Delfin.

Philipp hatte sehr schnell bemerkt, dass er mit dem Tier kommunizieren konnte. Der Delfin erfasste offenbar seine Gedanken und Worte, sobald Philipp sie dachte oder aussprach und der Junge verstand intuitiv ebenfalls, was das Tier ihm mitteilte.

Zunächst hatte er sich allerdings sehr gewundert und sein Verstand versuchte ihm immer wieder beharrlich klar zu machen, dass es hier nicht mit rechten Dingen zugehen konnte. Gleichzeitig erfüllte ihn auch ein Gefühl der Neugierde, wie er zugeben musste, konnte er doch auf diesem Weg vielleicht herausfinden, was bisher noch niemand vor ihm in Erfahrung gebracht hatte. War es tatsächlich möglich, sich mit einem Delfin zu unterhalten? Seine Neugierde hatte schließlich seinen misstrauischen Verstand zum Schweigen gebracht und er hatte die Freundschaft ohne wenn und aber akzeptiert.

Als er den Delfin jetzt vor sich im Wasser sah, wanderten seine Gedanken zu ihrer ersten Begegnung zurück. Der Delfin hatte ihn aufgefordert, zu ihm ins Wasser zu springen und mit hinaus ins offene Meer zu schwimmen. Zunächst war Philipp der Aufforderung nur zögerlich gefolgt, immer darauf bedacht, dem Tier nicht zu nahe zu kommen. Doch als seine Kräfte erlahmten, schien der Delfin das zu spüren und hatte ihn vorsichtig zu einem kleinen Felsen geleitet, der plötzlich vor ihnen mitten im Meer aus dem Wasser herausragte. Dort hatte der Junge sich ausgeruht, während der Delfin ihm Kunststücke im Wasser vorführte. Das Tier hatte fast aufrecht auf der Schwanzflosse getanzt, war Saltos gesprungen und hatte schließlich beschützend Kreise um ihn gezogen, bevor er zu ihm zurückkehrte. Nach einer gemeinsamen Ruhezeit, bei der sich der Delfin dicht neben dem Felsen still im Wasser treiben ließ, war Philipps Vertrauen soweit gewachsen, dass er sich schließlich ins Wasser gleiten ließ, zu dem Tier hinüber schwamm und mit einer Hand für einen kurzen Moment vorsichtig streichelnd über die glatte kühle Haut strich. Der Delfin hatte sich das gern gefallen lassen, war dabei ganz still geblieben und hatte ihm anschließend liebevoll seine Schnauze unter den Arm geschoben. Mit dieser Geste war es nun endgültig entschieden, Philipp gab sein Misstrauen vollständig auf. Die sanften klugen Augen des Tieres so nahe dem eigenen Gesicht versprachen Geborgenheit und Freundschaft.

Und dann war der Moment gekommen, in dem sich Philipp das erste Mal mit dem Tier verständigen konnte. Es waren keine laut ausgesprochenen Worte, sondern eher Gedanken, die sich in seinem Kopf formten, von denen er aber wusste, dass es nicht seine eigenen waren. Vorsichtig stellte er Fragen und bekam prompt Antworten. Manchmal gelang es ihm nicht ganz, alles zu verstehen, da der Delfin eine ganz eigene Art des Denkens besaß, die dem Jungen fremd war. Doch das Tier wiederholte geduldig und Philipp begriff. Alles in ihm kribbelte aufgeregt, endlich Antworten auf all die Fragen zu erhalten, die so lange unbeantwortet geblieben waren, wenn er am Strand gestanden und aufs Meer hinaus gestarrt hatte.

Viel zu schnell war die Zeit vergangen und der Delfin hatte zur Rückkehr gedrängt.

„Halt dich an meiner Flosse fest, ich bringe dich zurück zum Ufer", forderte das Tier den Jungen auf und Philipp schwamm mit zwei Zügen an die Rückseite des Tieres und hielt sich mit einer Hand an seiner Schwanzflosse fest. Vorsichtig glitten sie durchs Wasser. Als Philipp sich an die Bewegung gewöhnt hatte, steigerte der Delfin sein Tempo und schon bald erreichten sie das Ufer, mit der Sonne im Rücken, die bereits tief am Horizont stand.

Philipp bedankte sich und der Delfin rief ihm in Gedanken zu, bald wieder an den Strand zu kommen und ihn auf seinen Ausflügen zu begleiten.

Und so stand Philipp heute ein zweites Mal am Strand, nachdem er eilig die Schultasche Zuhause abgeliefert hatte. Seiner Mutter hatte er im Weggehen zugerufen, dass er zu einem Freund gehen wollte. Das war keineswegs gelogen, denn der Delfin war längst sein Freund geworden. Seine Mutter allerdings hatte dabei eher an einen Schulkameraden gedacht und nicht an einen Delfin. Sie hatte ihm nachgerufen, er solle nicht zu spät Zuhause sein, denn er müsse sich noch an die Schularbeiten setzen. Philipp hatte ihr das versprochen und gleichzeitig versichert, auf die Uhrzeit zu achten.

Und nun sprang er frohen Herzens ins Wasser, nachdem er sich bis auf das T-Shirt und die Badehose ausgezogen und die Kleidung achtlos neben sich in den Sand geworfen hatte.

Kurze Zeit später hatte er den Delfin erreicht und voller Freude begrüßten sie sich. Wieder spürte Philipp die glatte weiche Haut des Tieres unter seinen Händen, doch diesmal schien sie ihm ganz warm zu sein. Der

Delfin strich dicht an dem Jungen entlang, so als ob er ihn ebenfalls streicheln wollte. Gerade heute tat Philipp diese liebevolle Geste ganz besonders gut, denn es lag ein harter Schultag hinter ihm mit einer vermutlich nicht so erfreulich ausgefallenen Mathearbeit. Schnell drängte er die Gedanken an das Ergebnis zur Seite. Später, wenn er sie zurückbekam, war immer noch genug Zeit, sich damit zu beschäftigen.

Der Delfin unterbrach Philipps Gedanken, indem er ihn sanft berührte und dazu aufforderte, sich wieder an seiner Rückenflosse festzuhalten, da er vorhatte, ihm heute etwas ganz Besonderes zu zeigen. Philipp solle keine Bedenken haben, es würde ihm dabei nichts geschehen.

Bei dieser Versicherung lächelte der Junge, denn seine Befürchtungen hatten sich längst zerstreut. Er wunderte sich nur kurz über den Ernst, der in der Aufforderung des Delfins mitgeschwungen hatte.

Die rasante Fahrt durch das Wasser war wieder ein ganz besonderes Vergnügen. Und es sollte noch besser werden. Der Delfin wurde langsamer und verharrte schließlich an einem Punkt. Einen Moment lang bewegte er seinen Kopf hin und her und schaute sich aufmerksam um und schien etwas zu orten. Philipp beobachtete ihn dabei und warte ab. Dann wandte der Delfin sich an den Jungen:

„Komm mit mir in die Tiefen des Meeres. Ich möchte, dass du meine Freunde kennen lernst. Auch für dich dürften sie interessant sein."

Während er sprach, blickte er Philipp aus seinen klugen dunklen Augen unverwandt an.

Philipp zögerte mit einer Antwort. Vermutlich meinte der Delfin mit seinen Freunden andere Delfine. Aber nein, das konnte nicht sein, da Delfine nicht so tief unter Wasser leben, korrigierte er sich. Vielleicht meinte er Fische. Gleichzeitig fiel ihm ein, dass *er* unter Wasser nicht würde atmen können.

„Hab keine Sorge, du wirst genug Luft bekommen", versprach der Delfin, dem die Zweifel nicht entgangen waren. „Vertrau mir einfach, so wie du es auch bisher schon getan hast."

Philipp schwieg. Doch dann fiel ihm blitzartig ein, dass seine Mutter ihm immer dazu geraten hatte, bei schwierigen Entscheidungen einen kurzen Moment ganz still zu werden und in sich hineinzuhorchen und sich dann für das zu entscheiden, was ihm die innere Stimme riet. Auch wenn der Kopf in dem Augenblick widersprach, *sie* wäre in jedem Fall die bessere Ratgeberin, hatte seine Mutter hinzugefügt. Philipp seufzte und beschloss, jetzt ihrem Hinweis zu folgen. Er hielt sich an der Schwanzflosse des Tieres fest, das ruhig neben ihm im Wasser lag, machte die Augen fest zu und horchte in sich hinein. Es dauerte eine Weile, doch dann meinte er tatsächlich eine Stimme zu hören, die leise, aber deutlich vernehmbar zu ihm sagte:

Vertraue deinem Freund, er wird dich nicht in Gefahr bringen. Wenn du schon mit einem Delfin sprechen kannst, dann kannst du auch unter Wasser atmen.

Philipp öffnete die Augen und holte tief Luft. Schließlich nickte er tapfer und schlang seine beiden Arme um die Rückenflosse.

„Es kann losgehen", antwortete er entschlossen.

Und der Delfin nahm ihn mit sich in die Tiefe. Zunächst traute Philipp sich nicht zu atmen, aber irgendwann konnte er es nicht mehr länger aushalten und er atmete ein, seine Lungen befahlen ihm das sofort zu tun, während sich sein Verstand dagegen vehement sträubte. Doch das Einatmen ging wie von selbst und Philipp staunte, wie leicht es ihm unter Wasser fiel. Sein Verstand verstummte beschämt und zog sich von allen Erlerntem zurück.

Das, was er hier unten zu sehen bekam, ließ ihn alles andere vergessen. Noch nie hatte er so viele verschiedene Fischarten gesehen, so viele Pflanzen, die sich leise in der Strömung des Wassers hin und her wiegten. Alles war ganz anders als das, was er bisher von der Meeresoberfläche kannte.

Viele bunt schillernde Fische kamen ihnen entgegen und begleiteten sie eine Weile. Plötzlich bemerkte der Junge einen großen Rochen, der sich ihnen rasch näherte. Seine eigenartige Art zu schwimmen, indem er seine Flossen auf und ab bewegte, als ob er zu einer Musik tanzte, brachte ihn fast zum Lachen. Doch statt des Lachens gab er nur gurgelnde Geräusche von sich. Kleine Luftbläschen lösten sich aus seinem Mund und stiegen nach oben. Der Delfin, der ihn dabei beobachtete, öffnete sein Maul und es schien fast so, als ob er sich über Philipps Erstaunen amüsierte.

Wasserpflanzen trieben an ihnen vorbei und Philipp bemerkte Quallen, die sich rückwärts schwimmend vorwärts bewegten. Hier unten im Wasser sah er erst, wie wunderschön sie waren und wie elegant ihre Bewegungen. Philipp erinnerte sich an Quallen, die er im seichten Wasser gefunden hatte und in ihrer matten Bewegung sterbend nur noch der Strömung der Brandung folgen konnten. Diese hier waren so lebendig, anmutig, voller Kraft, Farbe und Schönheit.

Je tiefer sie kamen, umso dunkler wurde es. Und bevor sich Philipp versah, waren sie bereits am Meeresboden angelangt. Auch hier entdeckte er ständig Neues, wenn er es durch die zunehmende Dunkelheit auch nur schemenhaft erkennen konnte. Seltsame Meeresbewohner lebten hier. Gerne hätte er sie genauer untersucht, doch der Delfin drängte ihn weiter und ließ ihm keine Zeit für weitere Betrachtungen. Das Tier schwamm knapp über dem Meeresboden und da sich Philipp an seiner Rückenflosse festhielt um mitzukommen, blieb ihm keine andere Wahl, als auf den Delfin zu hören.

Endlich verlangsamte das Tier seine Bewegung, sie schienen sich einem Ziel zu nähern. Es war wieder heller geworden und Philipp konnte erkennen, dass sich vor ihnen auf dem Meeresboden eine Art riesige Glaskuppel erhob, etwa so wie eine übergroße riesige Käseglocke, die auf einem Teller stand. Innen drin schien es viele Pflanzen zu geben, doch konnte er durch die Glaskuppel keine Einzelheiten erkennen.

Und fast war es so, als ob man sie erwartete. Kaum hatte der Delfin mit seiner Schwanzflosse zart gegen das Glas geklopft, da schwang ein großes Tor geräuschlos auf, das Philipp bislang noch gar nicht bemerkt hatte.

Der Delfin meinte: „So, ab jetzt musst du allein weiter. Aber ich werde hier auf dich warten, ich verspreche es dir."

„Wie...? Was soll das? Warum soll ich denn dort allein hinein gehen? Und was geschieht da drinnen? Das ist mir zu unheimlich. Das mache ich nicht mit!", protestierte Philipp empört. Mit einem Mal breitete sich in ihm das ungute Gefühl aus, dass der Delfin ihn überlistet hatte.

„Bitte, Philipp, vertraue mir. Es sind wirklich Freunde, die dort drinnen wohnen. Leider vermögen sie es nicht mehr, zu deiner Begrüßung persönlich herauszukommen. Dann würde ich sie dir mit Freude vorstellen und du würdest sehen, wie warmherzig und offen sie sind. Sie können auch deine Freunde werden, wenn du es willst. Bisher hast du so viel Mut gezeigt und bist mit mir ins Meer hinuntergetaucht. Du willst doch hier nicht wieder umkehren, ohne gesehen zu haben, wen ich dir zeigen will?", drängte der Delfin.

„Wenn du mitkommst gehe ich, aber keineswegs allein. Diese Kuppel hier ist mir zu unheimlich!"

„Ich kann leider nicht mitkommen - ab hier musst du wirklich allein weiter. Aber vertraue mir doch bitte, keiner dieser Bewohner wird dir hier je ein Leid antun. Es sind wirklich sehr gute und liebe Freunde von mir. Sie waren es, die mich baten, dich hierher zu bringen, da sie deine Hilfe brauchen", setzte der Delfin geduldig hinzu. "Bitte geh' hinein, tu es mir zuliebe. Es ist wirklich wichtig, dass du das tust!"

Philipp zögerte. Warum hatte der Delfin ihm nicht von Anfang an offen gesagt, was ihn erwartete? Dass er diesen Freunden allein gegenübertreten müsste? Was sollte das?

„Du hast recht, diese Kleinigkeit habe ich vorhin nicht erwähnt. Vielleicht hätte ich es gleich sagen sollen, als ich dich einlud, mit mir hier herunter zu kommen", räumte das Tier mit einem verschämten Augenaufschlag ein. „Aber ich befürchtete, dass du mir dann vielleicht nicht gefolgt wärest, wenn du davon vorher gewusst hättest."

„Ich verstehe" antwortete Philipp knapp und beherrschte sich dabei nur mühsam, denn innerlich kochte er. Hatte der Delfin nicht eben ‚Kleinigkeit' gesagt? Er unterdrückte eine heftige Antwort und meinte:

„Aber es wäre auf jeden Fall fairer gewesen, oder? Warum erklärst du mir nicht einfach, was hier eigentlich abläuft?"

„Das ist recht kompliziert. Dazu bin ich nicht in der Lage. Aber wenn du zu meinen Freunden hinein gehst, wirst du ganz sicher alles sofort verstehen. Bitte, Philipp, geh, du bist ihre einzige Hoffnung!"

Der drängenden Bitte seines Freundes konnte sich Philipp nicht ganz verschließen, obwohl er sich noch immer über den Delfin ärgerte. Doch schließlich gewann seine Hilfsbereitschaft die Oberhand. Wenn er mitbekam, dass sich jemand in Not befand, hatte er bisher nicht gezögert zu helfen, auch wenn er sich damit selbst in Schwierigkeiten gebracht hatte.

Aber hier lag die Sache doch ein wenig anders. Er befand sich in einer völlig fremden, ganz eigenen Welt, von der er nie zuvor gehört, geschweige denn sie gesehen oder gar betreten hatte. Hier fühlte er sich unsicher und ängstlich. Sich mit dem Delfin gemeinsam dort hinein zu begeben, dem hätte er zugestimmt. Aber unter dieser Bedingung, das kam nicht in Frage, das erforderte viel zu viel Selbstüberwindung.

„Du schaffst es, wenn du nur willst", murmelte der Delfin. „Hätte ich dich sonst hergebracht?"

„Kannst denn *du* deinen Freunden nicht helfen?", gab Philipp zögernd zurück.

„Leider nicht. Ich würde es gerne, aber ich kann es nicht. Es muss ein Mensch sein, der zu ihnen geht und hilft, nicht ich, ein Delfin. Wenn du dich dazu entschließt hineinzugehen, wirst du erfahren, warum das so ist.

Ich bin fest davon überzeugt, dass meine Freunde dir gefallen werden. Sie sind interessant und irgendwie auch ein Teil von dir. Du wirst sie mögen."

Eine Zeitlang blieb Philipp unentschlossen. Seine Ängste kämpften erneut gegen Hilfsbereitschaft und Neugierde. Doch endlich siegte der Entdeckerdrang und der Junge gab sich einen Ruck. Er verbot sich, weiter über seine Ängste nachzudenken und nickte tapfer.

„Ich gehe, aber versprich mir, hier auf mich zu warten", forderte er. Der Delfin nickte bejahend und versprach es. Ohne noch einen weiteren Moment zu zögern, betrat Philipp durch das Tor die Glaskuppel.

Sein Geist löste sich nur schwer von der Erinnerung des Erlebten und kehrte sehr zögerlich in die gefährliche Gegenwart der engen, feuchtkalten Höhle ins Reich der bösen Gedanken zurück.

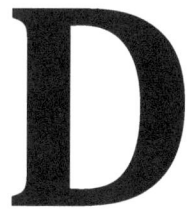

Die Botschaft der Königin

Ziellos wanderten Philipps Gedanken weiter umher, in der Hoffnung, sich so lange wie möglich noch der Gefahr des Gegenwärtigen zu entziehen.

Keine seiner Ideen, dieser Situation zu entkommen, schien wirklich umsetzbar. Immer wieder stießen sie auf Grenzen. Entweder er wurde sofort wieder vom Fluchgedanken eingefangen oder er lief dem bösen Obergedanken direkt in die Arme. Beide Möglichkeiten waren nicht gerade vielversprechend.

Doch plötzlich war er wieder hellwach und seine Gedanken kehrten blitzschnell in die Gegenwart zurück. Er hob vorsichtig den Kopf. Seine Ohren und Augen versuchten, alle Information im dunklen Schacht aufzufangen, doch gab es dort keine. Was hatte ihn aufgeschreckt? Soweit er es beurteilen konnte, saß der Fluchgedanke immer noch unbeweglich an seinem Platz. Es musste also etwas anderes sein. Langsam drehte er den Kopf und starrte zum Gang hinüber. Aber auch dort bewegte sich nichts. Alles blieb still.

Sein Herz pochte laut und sein Atem beschleunigte sich. Hatten die Verfolger sie entdeckt und schoben sich jetzt durch den engen Gang zu ihnen in den Schacht? Dann saßen sie in der Falle, denn der Gang endete im Schacht. Es gab nur diesen einen Weg hier hinaus. Sollte er dem Fluchgedanken Bescheid sagen? Doch wenn es seine Kollegen waren, hätte er doch längst wissen müssen, dass sie kamen! Was also konnte ihn geweckt haben?

Er sah an sich herunter und spürte jetzt die Hitze, die der Kristall der Reinheit ausstrahlte und seinen ganzen Bauch erwärmte. Der Kristall erstrahlte und sein Licht wurde langsam heller. Das blaue T-Shirt dämpfte den Schein, doch hatte sich die Helligkeit des Kristalls unverkennbar in den letzten Sekunden verstärkt.

Ängstlich sah Philipp zu dem Fluchgedanken hinüber, doch der schien von all dem nichts mitzubekommen.

Wollte der Kristall der Reinheit ihm etwas mitteilen?

Vorsichtig schob er den Stoff beiseite und starrte auf den Kristall herunter. Dann nahm er ihn in beide Hände und hob ihn in Augenhöhe. Das Licht blendete ihn und Philipp kniff die Augen zusammen. Der Kristall der Reinheit wurde immer klarer und schließlich entdeckte Philipp in seinem Innern eine Bewegung. Fasziniert starrte er ins Innere, bis seine Augen vor Anstrengung tränten. Er blinzelte die Feuchtigkeit weg und sperrte staunend den Mund auf, als er die Gestalt erkannte, die ihm jetzt aus dem Kristall zuwinkte: Es war die Königin der guten Gedanken!

Wie war das möglich? Philipp konzentrierte sich auf das winzige Gesicht im Kristall der Reinheit. Und plötzlich hörte er sie in seinem Kopf sprechen:

„Du musst so schnell wie möglich zu uns zurückkehren, Philipp. Wir brauchen den Kristall der Reinheit! Flüchte dich nicht länger in deine Erinnerungen, verschwende keine Zeit mehr. Vertraue dem Kristall der Reinheit ganz und gar, alles, was durch ihn geschieht, hat seinen Grund und ist vollkommen in Ordnung."

Mit einem Mal verlosch das Bild und der Kristall der Reinheit wurde abrupt dunkel, als ob jemand den Lichtschalter ausgeknipst hatte. Selbst von einem matten Schimmer konnte nicht mehr die Rede sein. Enttäuscht ließ Philipp die Hände sinken. Warum war es so plötzlich wieder vorbei? Wollte die Königin der guten Gedanken ihm nicht mehr mitteilen? Warum nur war die Verbindung so abrupt abgebrochen?

Dass er so schnell wie möglich das Reich der bösen Gedanken verlassen sollte, das musste ihm die Königin der guten Gedanken nun wirklich nicht erst mitteilen! Das lag doch auf der Hand! Er selbst wünschte sich nichts sehnlicher, als genau jenes zu tun. Wozu dann also diese Nachricht? Und was bedeutete der zweite Teil ihrer Botschaft? Er sollte sich auf den Kristall der Reinheit verlassen? Auch das war nichts Neues, schließlich hatte der Kristall ihn erfolgreich durch die Gänge gelotst, bis er leider wieder auf den Fluchgedanken getroffen war.

Eine tiefe Enttäuschung breitete sich in ihm aus und er verfiel in Selbstmitleid. Sein Kopf sank auf die Brust, er schloss die Augen und Tränen liefen ihm übers Gesicht. Er weinte still vor sich hin, bis er keine Tränen mehr hatte, die er hätte weinen können.

Benommen öffnete er die Augen und stellte mit Erstaunen fest, dass der Kristall der Reinheit in seinen Händen gewachsen war. Der Kristall war auch schwerer geworden. Vorsichtig setzte er ihn vor sich auf den Boden ab und schüttelte seine verkrampften Hände. Dann wischte er sich die letzten Tränen aus dem schmutzig verweinten Gesicht und starrte auf den Kristall der Reinheit, der vor ihm so groß wurde, bis er fast an den Fluchgedanken heranreichte.

Vorsicht, gleich berührst du ihn, lass ihn lieber in Ruhe, es ist besser, er bekommt von all dem hier nichts mit, flüsterte er dem Kristall der Reinheit in Gedanken zu. Der jedoch ließ sich von der Warnung nicht beeindrukken. Er wuchs weiter und hüllte schließlich den Fluchgedanken vollkommen ein. Dann änderte sich sein Aussehen. Er wurde heller und begann zu funkeln. Der Fluchgedanke schreckte hoch und hob entsetzt die Arme als er erkannte, was vor sich ging. Seine grauweißen, ausgemergelten Hände trommelten heftig von innen gegen die Kristallwand und er riss entsetzt die schwarze mundartige Öffnung auf.

Philipp folge dem Geschehen mit gemischten Gefühlen. Er schwanke zwischen Entsetzen und Erleichterung. Der Kristall der Reinheit flackerte hell auf und der Fluchgedanke verlor an Schwärze. Er wurde immer durchsichtiger, bis Philipp ihn durch die Kristallwand nicht mehr erkennen konnte. Schließlich verkleinerte sich der Kristall der Reinheit wieder und erstrahlte erneut im sanften grünlichen Glanz. Der Fluchgedanke war einfach verschwunden.

Immer noch verwirrt von dem, was sich gerade vor seinen Augen abgespielt hatte, fuhr Philipp nachdenklich mit der Hand über die Oberfläche des Kristalls der Reinheit. Jetzt sah er wieder ganz harmlos und klein aus, war einfach nur noch ein Kristall. Was war hier gerade geschehen? Hatte der Kristall der Reinheit tatsächlich ein Eigenleben entwickelt? War das die Botschaft der Königin der guten Gedanken gewesen, die ihn darauf vorbereiten wollte, sich nicht vor der Aktivität des Kristalls der Reinheit zu fürchten? Es gab all diese Fragen und keine Antworten dazu.

Philipp brach das Grübeln ab und dachte zufrieden:

Wie auch immer, den Fluchgedanken bin ich nun endgültig los. Der kann mir nicht mehr gefährlich werden! Nun muss ich nur noch den Ausgang aus dem Reich der bösen Gedanken finden, dann ist es geschafft.

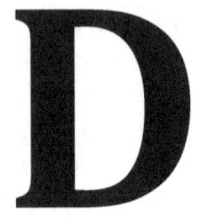

er Weg nach draußen

Philipp kroch durch den schmalen Gang zurück zum Hauptweg. Den Kristall der Reinheit hatte er wieder zwischen seiner Gürtelschnalle und dem Bauch eingeklemmt. So hatte er beide Hände frei, um sich besser vorzutasten und am Boden abzustützen. Als er auf den Hauptgang traf und sich wieder aufrichten konnte, bemerkte er, wie sehr ihm die Enge den Atem genommen hatte. Befreit holte er tief Luft und reckte die Arme nach oben.

Intuitiv entschied er sich für eine Richtung und setzte sich vorsichtig in Bewegung. Doch immer wieder blieb er stehen und lauschte angespannt, ob sich neue Verfolger zeigten. Doch im Moment hatte er Glück, er blieb von ihnen verschont.

Schließlich holte er den Kristall der Reinheit wieder unter dem T-Shirt hervor, nahm ihn behutsam in beide Hände und trug ihn vor sich her. Der Kristall warf sein sanftes grünliches Licht an die bizarren Felswände und erleuchtete den Boden wenige Meter vor ihm. Dadurch blieb ihm mancher Sturz erspart, denn die Unebenheiten im Untergrund nahmen wieder beständig zu.

Philipp musste sich ganz auf die Führung des Kristalls der Reinheit verlassen, denn er hatte keinerlei Orientierung, wo er sich befand.

Eigenartiger Weise hatte er jetzt vollkommen freie Bahn. Wie ausgestorben wirkte das Reich der bösen Gedanken. Doch Philipp wusste, dass dies sicherlich nicht lange so bleiben würde. Irgendwo in einem der vielen Gänge lauerten die bösen Gedanken auf ihn!

Doch zunächst kam ihm kein einziger entgegen und er beeilte sich, voran zu kommen. Er dachte an die Worte der Königin der guten Gedanken und legte nochmals einen Schritt zu.

Als er plötzlich ein flüsterndes Wispern vernahm, verbarg er sich augenblicklich hinter einem großen Geröllhaufen und decke schnell den Kristall der Reinheit ab, damit der Schein die Aufmerksamkeit der bösen Gedanken nicht auf sie zog. Drei Schatten blieben nicht weit entfernt von ihm stehen und tuschelten aufgeregt miteinander. Hin und wieder konnte Philipp ein Wort aufschnappen. Er meinte Fluchgedanke, Junge und fürchterliche Wut zu verstehen und reimte sich den Rest zusammen. Besonders die Wut interessierte ihn, denn die beschrieb vermutlich den Gemütszustand des bösen Obergedanken.

Nicht verwunderlich nachdem, der Fluchgedanke mich entführt hat, ging es Philipp durch den Kopf.

Einer der Schatten hob plötzlich ruckartig den durch eine Kapuze verdeckten Kopf und drehte ihn langsam in Richtung Geröllhaufen. Witternd hob er die Nase. Hatte er etwa seine Gedanken aufgefangen?

Philipp duckte sich und machte den Kopf frei. Hoffentlich ging das noch einmal gut, er versuchte nichts weiter zu denken und wagte kaum zu atmen. Ein leises Rascheln direkt vor dem Geröllhaufen ließ ihn zusammen zucken. Sein Herz klopfte wild und seine Hand glitt fast automatisch wieder in seine Tasche und umschloss den kleinen grauen Stein. Sein gesamter Körper erstarrte augenblicklich.

Endlich war es vorbei. Langsam entfernten sich die bösen Gedanken, ohne noch einmal in seine Richtung zu starren, doch Philipp wartete noch sehr lange, bevor er sich traute, den Kopf zu heben. Mit weichen Knien setze er schließlich seinen Weg fort.

Die Zeit des Alleinseins war offenbar vorüber. Kleine schwarze und graue Schatten tauchten plötzlich hinter ihm auf und schlossen sich ihm in gehöriger Entfernung an. In den Schein des Kristalls der Reinheit aber trauten sie sich nicht hinein. Aufgeregt riefen sie ihm immer wieder Worte zu und versuchten ihn zur Umkehr zu bewegen, indem sie ihm alles versprachen, was er sich im Innersten immer gewünscht hatte. Doch Philipp ließ sich nicht beirren. Diesmal hatten sie keinen Einfluß mehr auf ihn. Die Worte wurden flehentlich. Sprach etwa aus ihnen eine gewisse Angst?

Sie haben ganz sicher Angst vor der Rache des bösen Obergedanken, wenn sie mich nicht davon abbringen, ihr Reich zu verlassen, schlussfolgerte er aus ihrem Verhalten. Doch konnte er darauf keine Rücksicht nehmen!

Jetzt tauchten vor ihm im Gang mehrere dunkle Gestalten auf. Sie hielten kurz inne als sie ihn erblickten, zögerten, schienen zu überlegen, was zu tun war und kamen dann direkt auf ihn zu. Unbeirrt setzte Philipp seinen Weg fort und streckte ihnen den Kristall der Reinheit entgegen. Einige wendeten sich sofort erschrocken ab, drückten sich gegen die Felswand und verdeckten ihre Augenhöhlen. Er hörte sie leise jaulen und sie zogen sich in die Dunkelheit zurück. Andere dagegen starrten grimmig auf den Kristall, wohl fest entschlossen, sich von ihrem Auftrag nicht abbringen zu lassen. Zielsicher gingen sie auf ihn zu. Philipp atmete tief durch und der Kristall der Reinheit flackerte unruhig. Erst im letzten Moment wichen die bösen Gedanken aus, fluchten laut und begannen, ihn wüst zu beschimpfen. Es nützte ihnen wenig, Philipp war bereits an ihnen vorbei. Das ganze Geschrei beeindruckte ihn nicht und er blieb ganz in der Ruhe. Sie hängten sich an seine Fersen, hielten aber einen gehörigen Abstand.

Er bemerkte wie kleinere Gestalten magisch vom Licht des Kristalls angezogen wurden, sie konnten sich ihm offenbar nicht entziehen. Jetzt vernahm er das leise Zischen im Innern des Kristalls wieder.

Einmal wurden mehrere Schatten gleichzeitig in ihn hinein gesogen. Ein anderes Mal hörte Philipp einen leisen Seufzer der Erleichterung während der Umwandlung.

Ihm drängte sich die Vermutung auf, dass dieser böse Gedanke vielleicht froh über seine Wandlung war, zumindest aber erleichtert, auf diese Weise dem Reich der bösen Gedanken und damit dem bösen Obergedanken zu entrinnen.

Philipp kam gut voran. Nach endloser Durchquerung langer, schmaler Gänge befand er sich endlich wieder vor dem engen, schwarzen Schlund. Mit angehaltenem Atem zwängte er sich durch ihn hindurch, darum bemüht, möglichst wenig die schleimig öligen Wände zu berühren. Das Licht des Kristalls der Reinheit war dabei sehr hilfreich. Und so stand er endlich wieder vor dem riesigen haifischähnlichen Tor. Wie viel Zeit mochte vergangen sein, seitdem er es das erste Mal durchquert hatte?

Die Zähne ragten bedrohlich in die Höhe und standen dicht an dicht. Sie schienen sich in der Zwischenzeit vermehrt zu haben, so dass er befürchtete, kaum mehr hindurch zu passen. Es war fast so, so als der böse Obergedanke und seine bösen Untertanen hier den allerletzten Versuch unternahmen, ihn am Verlassen ihres Reiches zu hindern.

Philipp blieb stehen, konzentrierte sich und schickte sämtliche verbliebenen Energien in seine Beine. Gerade setzte er zum Sprung über die untere Zahnreihe hinweg an, als ein schriller Schrei ihn zurück hielt. Ein unangenehmes Kribbeln machte sich in seiner Wirbelsäule bemerkbar. Er traute sich nicht, sich umzudrehen, sondern verharrte in seiner Bewegung.

Der Schrei erklang erneut und ging über in ein leises, verzweifeltes Wimmern, jetzt fast direkt hinter ihm, so dass es ihm in die Beine kroch und seine Muskeln erschlafften ließ. Sie gaben einfach nach, er schwankte und der Kristall der Reinheit in seinen Händen begann unruhig zu flackern.

Gefahr, signalisierte seine innere Stimme, doch er konnte sich nicht rühren. Das Wimmern erzeugte in seinem Innern eine Qual, die etwas lang Vergessenes in ihm wach rief. *Gefahr,* warnte seine innere Stimme erneut, doch gelang die eindringliche Botschaft nicht in seinen Kopf. Er wusste, wer diese Klagelaute ausstieß. Es war jemand, den er sehr liebte. Und dieser Mensch litt. Er konnte ihn hier nicht einfach zurücklassen. Ohne darüber nachzudenken, ob sich seine kleine Schwester tatsächlich im Reich der bösen Gedanken befinden könnte, drehte er sich um und starrte zurück in die, einem Moloch gleichende Heimat der bösen Gedanken. *Wo bist du, kleine Schwester?* Sein Blick versuchte die Dunkelheit zu durchdringen. Er kniff die Augenlider zusammen und stierte in die Schwärze.

Jetzt, da war es wieder, dieses Wimmern, der ganze Jammer eines gequälten Menschen lag darin. Diesmal würde er sie nicht im Stich lassen, das stand fest, nicht noch einmal ein Schuldgefühl auf sich laden, das ihn noch monatelang verfolgte, bis er endlich gelernt hatte, es erfolgreich abzuschütteln.

Die Schwester war damals gerade noch davon gekommen, doch es hatte nicht viel daran gefehlt und sie hätte es nicht geschafft. Seine Mutter hatte ihm die Aufsicht über die Kleine übertragen und sie war im Spiel mit einem Freund vollständig in Vergessenheit geraten. So musste sie zum Wasser gelaufen sein, hatte in ihm gespielt und sich dabei ernsthaft erkältet. Sie musste später mit Fieber und einer schweren Lungenentzündung im Krankenhaus für eine lange Zeit behandelt werden. Anfangs hatte es gar nicht gut für sie ausgesehen.

Ich komme, kleine Schwester, warte auf mich! Er meinte den Platz, wo sie sich befinden musste, über sein Gehör geortet zu haben und hechtete mit einem Satz über den rechts von ihm liegenden Geröllhaufen. Unvermutet landete er weich, bevor ihm vollständig die Sinne schwanden.

Als er wieder erwachte, durch die Eiseskälte bis zur Bewegungsunfähigkeit erstarrt, fand er sich auf dem Schoß des bösen Obergedanken wieder. Er war mitten auf seinem Schoß gelandet!

Der böse Obergedanke grinste hämisch, sein Triumph machte ihn noch bösartiger. Sein furchtbarer Gestank fuhr Philipp mitten ins Gesicht, doch konnte er sich nicht abwenden und war deshalb dem widerlichen Geruch ausgesetzt. Mit jedem Atemzug drang der böse Obergedanke tiefer in seine Zellen und krallte sich dort fest. So schloss der Junge wenigstens die Augen, um den Anblick seiner rot glühenden Augenhöhlen zu entgehen.

Einfach ekelhaft, widerlich diese ganze Gestalt, böse und abartig! Sein Gehirn war wieder hell wach, als es diese Situation kommentierte, in die er sich selbst durch eigenes Verschulden hinein manövriert hatte. Natürlich war seine kleine Schwester nicht hier, das war vollkommen unmöglich. Das hier war ein weiteres gelungenes Täuschungsmanöver, das dem bösen Obergedanken diesmal glänzend gelungen war!

„Nicht wahr, das ist eine absolute, geniale, einzigartige Glanzleistung von mir", gackerte der böse Obergedanke und drückte Philipp so heftig an sich, dass die Eiseskälte das letzte bisschen Wärme aus seinem Körper heraus presste.

„Auf meine einfältigen, dummen, hirnlosen, blöden Gedanken konnte ich mich diesmal überhaupt nicht verlassen, dieser bescheuerte Kristall der Reinheit hat sie völlig aus der Bahn geworfen. Mir aber kann er nichts vormachen!

Du siehst, am Ende gewinne ich eben doch immer! Das ist einfach nur wieder einmal wahnsinnig gut und höllisch genial!"

Philipp hörte ihn sprechen, schwieg aber, denn er war nicht in der Lage, ein einziges Wort über die Lippen zu bringen. Sein Gehirn dagegen arbeitete auf Hochtouren. Was war jetzt zu tun? Behielt der Widerling am Ende doch Recht und *er* hatte verloren, so kurz vor dem Ziel? Wie naiv musste er nur sein, blind darauf zu vertrauen, die letzte Wegstrecke so leicht überwinden zu können und ungeschoren davon zu kommen!

„Nein, das konntest du nicht, absolut nicht! Genau das gehörte ja zu meinem Plan, dich in deine naive, blinde, arrogante, eingebildete Selbstsicherheit zu wiegen, so wurdest du träge und unachtsam und konntest am Ende nicht mehr klar unterschieden zwischen Realität und Illusion! Und genau das hatte ich beabsichtigt. Du musst nun endlich einsehen, dass *du* verloren hast, Junge, das Böse gewinnt am Ende immer, immer und immer wieder, auch wenn es in den Märchen der Menschen anders geschrieben steht.

Ich kann mich immer wieder und ewig auf die Trägheit, Dummheit oder Selbstüberschätzung von euch kleinen menschlichen Wesen verlassen! Oh ist das genial, verdammt genial, wunderbar genial, wahnsinnig genial... ach, übrigens, wo hast du diesen verdammten Kristall der Reinheit gelassen, der in meinem Wahnsinnsreich so viel Unruhe und herrlichen Unfrieden verbreitet hat und mir die Ehre deines Besuches bescherte?"

Du weißt nicht, wo ich ihn habe? Philipp witterte eine winzige Überlebenschance und verbot sich sofort weitere Gedanken. Einzig handeln musste er, ohne, dass der böse Obergedanke seine Absichten auch nur im Ansatz durchschaute! Der Eiseskälte, die sich durch den unfreiwilligen Kontakt mit dem bösen Obergedanken in seinem ganzen Körper zunehmend ausbreitete, musste er schnellstmöglich entkommen, sie nahm mit jedem Moment gefährlich zu.

Philipp fühlte den Druck des Kristalls der Reinheit an seinem Bauch, der gut getarnt unter seinem T-Shirt lag. Er musste ihn im letzten Augenblick vor dem Sprung über den Geröllhügel dort verborgen haben. Seltsam, dass der böse Obergedanke ihn nicht fühlen konnte. *Stop,* energisch rief er sich zur Ordnung, *keine einzige Überlegung mehr!*

Seine linke Hand tastete sich langsam an den Kristall der Reinheit heran, sie war frei, nur die rechte war umklammert vom Arm des bösen Obergedanken und somit vollständig gefühllos. Doch konnte er im Moment keine Rücksicht auf seinen rechten Arm nehmen. Solange noch der linke funktionierte, musste er ihn einsetzen, bevor auch der erstarrte.

Da bemerkte er plötzlich ein unangenehmes Kribbeln im Nacken. Er hielt inne. Was war das? Dann entdeckte er sie, die kleine, fette, weiße Made, die sich genüßlich auf sein Knie setzte, gefolgt von vielen weiteren, die langsam an seinem Bein in die Höhe krabbelten. Innerlich schüttelte es ihn vor Entsetzen. So stammte das Kribbeln im Nacken auch von einem dieser lästigen Tiere? Einen kurzen Moment stellte er sich vor, wie all die Maden, die überall am Körper des bösen Obergedanken saßen, sich jetzt über ihn hermachen und ihn, wehrlos wie er war, in Ohren, Mund und Nase kriechen würden! Diese Vorstellung war grauenvoll. Er presste die Lippen fest aufeinander, zumindest in seinen Mund würden sie nicht hinein kommen! Immerhin das konnte er verhindern!

Der böse Obergedanke seufzte zufrieden, als er Philipps Entsetzen und seinen Ekel spürte. Nun kam er endlich doch noch auf seine Kosten! Das wurde auch langsam Zeit nach dem ganzen Aufwand, den er mit diesem widerspenstigen Jungen betrieben hatte. Einen Augenblick entspannte er sich und lehnte sich zurück.

Philipp nutze den Moment seiner nachlassenden Aufmerksamkeit, unbewusst registrierte er, dass sich die Umklammerung des bösen Obergedanken an seinem rechten Arm gelockert hatte. Er verbot sich weitere Gefühle auf die Maden zu verschwenden und konzentrierte sich wieder ganz auf den Kristall der Reinheit.

Nun spürte er durch das T-Shirt hindurch die rauhe Oberfläche des Kristalls und drückte die Handfläche fest darauf. Augenblicklich erwärmte die wunderbare Energie seine Hand und floss den linken Arm entlang, über Schulter und Nacken auf die rechte Seite, bis hinunter in die Finger der rechten Hand, die sich überraschend schnell von der lähmenden Erstarrung löste und wieder einsatzfähig wurde.

Plötzlich erstrahlte der Kristall der Reinheit in intensivem Gold und erleuchtete durch das Shirt hindurch den gesamten Geröllhaufen, auf dem der böse Obergedanke mitsamt dem Jungen saß. Das schimmernde, warme Licht warf bizarre Bilder an die schwarzen Höhlenwände von dem, was jetzt weiter geschah. Philipp spürte das bekannte wohliges Gefühl wieder in sich aufsteigen, während der böse Obergedanke gellend aufschrie, mit einem Satz in die Höhe schoss, sich die skelettartigen Hände vor die glühenden Augenhöhlen hielt und sich ruckartig abwandte. Durch seine heftige Bewegung wurde der Junge an die gegenüberliegende Höhlenwand geschleudert, wobei er den Kristall der Reinheit mit beiden Armen reflexartig schützend umschloss. Weit genug entfernt von seinem Peiniger konnte er jetzt wieder freier atmen und sprang auf die Füße. Sein Herz raste wild und er brauchte einige Sekunden, um sich zu orientieren.

So bemerkte er auch nicht, dass sämtliche Maden jetzt leblos von seinem Körper herab fielen und einen kurzen Moment wie tot am Boden liegen blieben. Dann kehrte das Leben in sie zurück und sie krochen eiligst auf den bösen Obergedanken zu, darum bemüht, sich an einem seiner fußähnlichen Gebilde fest zu beißen.

Nichts wie raus hier, schrie es in Philipps Kopf und er rannte so schnell, wie er noch nie zuvor in seinem Leben gerannt war. Doch er hatte nicht mit dem bösen Obergedanken gerechnet, der sich offenbar blitzartig von seinem Schrecken erholte und keine einzige Sekunde verlor, um die Verfolgung aufzunehmen. Mit riesigen Sätzen hechtete er hinter Philipp her, holte ihn ein und krallte sich an seiner Schulter fest. Der Ruck brachte den Jungen aus dem Gleichgewicht, er stolperte, stürzte und krachte zu Boden. Er verlor den Kristall der Reinheit, der davon rollte und von beiden weiter entfernt liegenblieb.

Der böse Obergedanke triumphierte, ließ Philipp los, sprang auf und schlich auf den Kristall der Reinheit zu, der inzwischen wieder vollständig dunkel geworden war und somit für ihn offenbar im Moment keine Gefahr mehr bedeutete.

Philipp blieb liegen und kam nicht mehr auf die Beine. Sein Gehirn war leer, vollkommen leergefegt, kein einziger Impuls drang mehr nach außen. Sein Kampfgeist hatte sich vollständig in Luft aufgelöst. Er bemerkte nicht einmal mehr, wie ihm Tränen der Erschöpfung die Wangen herabliefen. Teilnahmslos registrierte er, wie sein Widersacher gierig seine weiß knochige Krallenhand nach dem Kristall der Reinheit ausstreckte und ihn mit den Fingerspitzen berührte. Jetzt war ihm alles egal, sollte der böse Obergedanke doch mit ihm tun, was immer er wollte, er hatte verloren, gab auf. Er schloss die Augen und seufzte ergeben. Es tat gut, alles einfach nur noch loszulassen.

In diesem Moment gab es einen lauten Knall. Philipp riss die Augen auf und starrte direkt auf den Kristall der Reinheit, der in Sekundenbruchteilen seine Größe mehr als verfünffacht hatte und somit den bösen Obergedanken weit überragte. Dann erleuchtete ein heller Blitz für einen kurzen Moment die eiskalte, unheimliche Schwärze der Gänge und der Junge sah die Königin der guten Gedanken würdevoll aus dem Kristall der Reinheit heraustreten, bevor er wieder verlosch. Die Königin war umgeben von einem irisierendem, schimmernden Leuchten, das ihren ganzen Körper umspielte. Sie hob ihre rechte Hand, die Handfläche auf den bösen Obergedanken gerichtet, und befahl laut und deutlich:

„Es ist genug, böser Obergedanke, halte ein, du weißt nur zu gut, dass du den Jungen mit dem Kristall der Reinheit hättest gehen lassen müssen, er hatte den Ausgang deines Reiches bereits erreicht und du hattest verloren. Mit deiner Hinterhältigkeit, die kleine Schwester ins Spiel zu bringen, hast du alle Grenzen weit überschritten. Das Recht ist auf unserer Seite, lass ihn gehen, aber sofort!"

Unheimlich hallten ihre Worte durch die Gänge, überlagerten sich zu einem Echo und kehrten verstärkt zurück. Der böse Obergedanke wich augenblicklich zurück, seine Bewegungen wurden fahrig und ängstlich. Er drehte sich um, konnte den Anblick des schimmernden Lichtes, das die Königin der guten Gedanken umgab, nicht ertragen, fluchte gotterbärmlich und verschwand anschließend lautlos in der Dunkelheit, ohne Philipp noch eines einzigen Blickes zu würdigen.

Die Königin der guten Gedanken lächelte Philipp aufmunternd zu, wies mit einer fließenden Handbewegung auf das Haifischmaul, das den Ausgang des Reiches markierte und ihm den Weg in die Freiheit versprach. Dann löste sich ihre Gestalt vor seinen Augen auf und der magische Moment war vorbei.

Sofort schrumpfte der Kristall der Reinheit wieder auf tragbare Größe zusammen, sein grünliches Licht leuchtete wieder sanft und ließ Philipp erneut in Bewegung kommen. Er erhob sich, wischte sich die Tränen von den brennenden Wangen und nahm den Kristall der Reinheit vorsichtig wieder auf. Dann marschierte er langsam auf die erste Zahnreihe zu.

Zu müde, um noch an die Rasierklingen scharfen Zähne zu denken, streifte sein rechtes Bein einen der Zähne. Er fühlte einen scharfen, stechenden Schmerz das Bein hinauf wandern, biss die Zähne fest zusammen, stieß den Atem laut pfeifend heraus, sammelte sich und setzte zum Sprung an.

Diesmal würde ihn nichts mehr davon abhalten, das Reich der bösen Gedanken zu verlassen! Nach mehreren weiteren Sprüngen hatte er die Zahnreihen überwunden und bevor das Maul, das ständig auf und zu schnappte, erneut zu klappen konnte, landete er mit einem letzten Sprung weich auf dem Meeresboden.

Sobald das Tor hinter ihm lag, fiel die lastende Schwere von ihm ab. Ein Gefühl der Erleichterung durchströmte ihn, doch war zu matt für wirkliche Freude. Er wusste nur eines: Er hatte es geschafft, endlich war er in Sicherheit!

Doch ganz so war es nicht, auch hier lauerten noch Hinterhalt und Tücke. Und das sollte er sogleich erfahren. Er erkannte den Delfin, der sich ihm rasch näherte und bewegte sich auf ihn zu.

„Gut dass du noch da bist", rief er dem Tier entgegen, „ich habe den Kristall der Reinheit. Hier ist er. Bitte bringe mich schleunigst zum Seepferdchen, wir müssen sofort aufbrechen. Es hat hier einfach schon zu lange gedauert, die Königin der guten Gedanken drängt zur Eile."

Am liebsten wäre er dem Tier um den Hals gefallen und hätte ihn sofort alles berichtet, doch das musste er auf später verschieben. Daher sah er dem Delfin nur erwartungsvoll entgegen. Endlich konnte er sich wieder entspannen und stand unter dem Schutz des Freundes!

Doch irgendetwas störte ihn an dem Tier. Irgendetwas stimmte hier ganz und gar nicht. Sollte die Gefahr denn immer noch nicht vorüber sein?

Er kniff die Augen zusammen und ließ seinen Blick prüfend über den Delfin wandern, dessen Körper einen völlig unauffälligen, ganz normalen Eindruck machte.

Doch der kleine graue Stein wurde ganz heiß in seiner Tasche und schnell griff er nach ihm.

Plötzlich erkannte er die Ursache seines Unbehagens, als er die Blicke des Delfins bemerkte, die dieser ihm zuwarf. Entsetzt wich er einen großen Schritt zurück. Diese Augen waren nicht die sanften Augen seines Freundes, sondern glühten in einem ihm nur zu gut bekannten unheimlichen Tiefrot und schleuderten ihm abgrundtiefem Hass entgegen.

Erschrocken zog sich Philipp noch weiter zurück.

Wann ist die Gefahr endlich vorbei?, durchfuhr es ihn.

„Niemals wird sie für dich enden, niemals, solange nicht, bis der Kristall der Reinheit endgültig in meinem Besitz ist!", spukte ihm der böse Obergedanke durch das Maul des Delfins entgegen.

„Trage auf der Stelle den Kristall der Reinheit in mein Reich zurück, aber sofort, ich warne dich ein letztes Mal, sonst wirst du mich nie, nie wieder los, ich werde dich überall finden, im hintersten Winkel eurer verdammten Welt!"

„Nein, das mache ich nicht", rief Philipp, den Kristall der Reinheit erhoben zwischen beiden Händen. Der Delfin schoss auf ihn zu, kam bedrohlich näher und öffnete sein Maul. Eine Reihe scharfer Zähne wurde sichtbar.

Gleich schnappt er zu! Philipp wich aus und trat noch einen weiteren Schritt zurück.

Im ersten Moment bemerkte er nicht, was er tat, als er beide Hände ganz nach oben streckte, den Kristall der Reinheit umklammernd, und einen großen Schritt auf den Delfin zu machte. Und ganz plötzlich hörte er sich selbst singen. Seine Stimme drang weit in die Tiefen des Meeres hinaus und er fragte sich nicht, wieso er überhaupt unter Wasser singen konnte und seine Stimme dabei auch noch so klar zu hören war?

Er schmetterte ein Lied von Liebe, Frieden und Toleranz, indem Menschen sich zusammen schlossen und sich vereint gegen die Kriege dieser Welt verbündeten. Das Lied hatte er im vergangenen Schuljahr gelernt. Die Erinnerung daran war noch frisch, denn es hatte ihm auf Anhieb gut gefallen.

Entsetzt wich der Delfin zurück, das Rot in den Augen flackerte auf und verlosch allmählich. Dann entrang sich dem Delfin ein fast menschliches Stöhnen und der ganze Leib erzitterte. Einen Augenblick lang trieb er leblos im Wasser, doch dann erkannte Philipp die sanften Augen seines Freundes, als der Delfin zu sich kam und wieder ganz er selbst war.

Das Tier, das sich bei dieser Verwandlung von ihm entfernt hatte, kam jetzt wieder auf ihn zu, schwamm verlegen einige Runden um ihn herum und schaute den Jungen erschöpft an. Dann verharrte er dicht an seiner Seite. Philipp senkte langsam die Arme, hielt aber aus lauter Vorsicht den Kristall der Reinheit noch eine Weile zwischen sich und das Tier.

Was war eben passiert? Warum konnte der Böse so einfach in die Gestalt seines Freundes schlüpfen und den Delfin für seine Attacken missbrauchen? War der böse Obergedanke nun endgültig verschwunden?

Nach einiger Zeit des Schweigens hob der Delfin seinen Kopf und betrachtete ihn mit unendlicher Traurigkeit.

„Alles ist möglich, vergiss das bitte nie, das Böse wird immer Mittel und Wege finden. Aber nun ist es vorbei, ich bin wieder ich selbst, er hat mich verlassen.

Komm, Philipp, ich bringe dich nun zum Seepferdchen. Wenn du noch die Kraft hast, lass uns sofort aufbrechen. Hier werden wir uns nie wirklich sicher fühlen können."

Philipp stimmte zu und saß bald wieder - es schien Jahrzehnte her zu sein, seitdem er abgestiegen war - auf dem Rücken des Seepferdchens, den kostbaren Kristall der Reinheit behutsam im Arm tragend.

Zurück im Reich der guten Gedanken

Die Rückreise verlief ohne weitere Zwischenfälle und sie erreichten schneller, als Philipp erwartet hatte, wieder das Reich der guten Gedanken.

Wie kann es sein, dass der Rückweg so viel kürzer ist als der Hinweg? fragte er sich. Erschien ihm der Weg zurück nur deshalb kürzer zu sein, weil auf dem Hinweg noch sämtliche Herausforderungen und Prüfungen vor ihm lagen und ihm jetzt, auf dem Rückweg, sein Herz soviel leichter war, da es ihm tatsächlich gelungen war, den Kristall der Reinheit zurück zu bringen?

Das konnte durchaus so sein. Aber vielleicht gab es ja auch noch einen anderen Grund.

Da fiel es Philipp wieder ein, was der König der guten Gedanken ihm bei ihrem ersten Gespräch über die Zeit gesagt hatte. Sie verlief im Reich der Gedanken anders als in seiner Welt. Und so, wie die Zeit hier kein festes Maß zu haben schien, waren auch seine Erlebnisse im Reich der guten und bösen Gedanken nach menschlichen Maßstäben nicht wirklich erklärbar und noch weniger messbar.

Die Zeit bei den bösen Gedanken erschien ihm jetzt, da sie hinter ihm lag, lang und dunkel. Sein Gefühl sagte ihm, dass er dort sehr viele Tage verbracht haben musste. Hing das mit der Intensität und der Art des Erlebens zusammen? Vielleicht konnte er später darüber mehr in Erfahrung bringen.

Das Tor zum Reich der guten Gedanken öffnete sich weit und Philipp verabschiedete sich erneut von seinem schwimmenden Freund. Diesmal betrat er die Glaskuppel frohen Herzens.

Während ihrer Rückreise hatte der Delfin seine Attacke auf Philipp mit keinem Wort mehr erwähnt, obgleich es während des Rastens die Gelegenheit dazu gegeben hätte. Sie hatten diese Zeit schweigend miteinander verbracht. So ließ auch Philipp das Thema ruhen, obwohl er dem Delfin dazu gern noch eine Menge Fragen gestellt hätte. An der besonders liebevollen Aufmerksamkeit des Delfins, mit der er ihn umsorgte, erkannte er das schlechte Gewissen des Freundes. Möglich war auch, dass der Delfin das, was mit ihm geschehen war, ebenso wenig verstand wie er selbst. Wichtig allein war, dass Philipp ihm wieder vollständig vertrauen konnte und dem Freund nichts nach trug.

Kaum hatte sich das Tor der Glaskuppel vollständig geöffnet, da strömte bereits eine unglaubliche Menge guter Gedanken zu seiner Begrüßung heraus. Es gab Hochrufe, Jubelschreie und dankbares, zartes Schulterklopfen. Philipp konnte sich in der Menge, die ihn umstand, kaum mehr rühren.

Ohne dass er es bemerkte, schoben ihn die guten Gedanken durch das Eingangstor hindurch und er sah sich plötzlich dem König der guten Gedanken gegenüber.

Seit ihrer letzten Begegnung hatten sich viele neue Sorgenfalten tief in das Gesicht des Königs gegraben. Doch sein Lächeln strahlte übers ganze Gesicht und drückte unsagbare Erleichterung aus. Er trat Philipp mit offenen Armen entgegen, legte sie um ihn und der Junge fühlte sich - wie es ihm schien nach endlos langer Zeit - beschützt und geborgen in dieser Geste. Liebevoll drückte der König der guten Gedanken ihn an sich wie einen heimkehrenden Sohn. Einen Moment lang verharrten beide in dieser wohltuenden Umarmung, dann jedoch ließ der König von Philipp ab und drängte zur Eile:

„Wir müssen auf der Stelle aufbrechen, der Königin der guten Gedanken geht es sehr schlecht. Sie wird von Stunde zu Stunde schwächer. Bitte gib mir den Kristall der Reinheit."

Philipp zögerte nicht und der König der guten Gedanken nahm den Kristall der Reinheit ehrfürchtig entgegen. Als er ihn in Händen hielt, klatschen die guten Gedanken begeistert. In Philipps Ohren klang es wie sanftes Meeresrauschen. Das Klatschen wurde lauter, leiser und dann wieder lauter. Anschließend breitete sich Stille aus, als der König langsam seine Arme nach oben streckte und den Kristall der Reinheit hoch über alle Köpfe hielt. Diese Stille war nicht die dunkle, unheimlich bedrohende Stille aus dem Reich der bösen Gedanken, die alles Gute aus ihm herauszog, sondern eine liebevolle, Kraft spendende, eine, in der er sich wohlfühlte und ganz sicher war.

Da war es wieder ganz deutlich, dieses leise Zischen, das er jedes Mal vernommen hatte, wenn der Kristall der Reinheit seiner Aufgabe nachkam und böse Gedankenenergien in sich hinein zog.

Hier, im Reich der guten Gedanken, wartete mit Sicherheit sehr viel Arbeit auf den Kristall der Reinheit, wenn er all das Negative, das sich im Laufe der letzten Zeiten bei den guten Gedanken eingenistet haben musste, wieder verwandelte.

Die guten Gedanken lächelten glücklich und diesmal erreichte das Lächeln auch ihre Augen. Sie strahlten vor lauter Freude. Dankbarkeit und Erleichterung über die Heimkehr ihres Kristalls der Reinheit sprach aus jeder ihrer fließenden Bewegungen.

Schließlich ließ der König der guten Gedanken seine Arme sinken und wandte sich dem Weg zu, der zum Schloss hinauf führte. Das erwartungsvolle Raunen, das durch die Menge ging, war deutlich zu hören.

Gemeinsam erreichten sie das Schloss. Der König geleitete Philipp in seine eigenen persönlichen Gemächer, ordnete an, ihm soviel zu essen und zu trinken zu bringen, wie er verlangte und verabschiedete sich von ihm mit den Worten:

„Nun muss ich gehen und unseren Kristall der Reinheit wieder an seinen Platz zurückbringen - er wird dann ganz von selbst wieder seine ursprüngliche Größe erreichen", beantwortete er im gleichen Moment lächelnd Philipps unausgesprochene Frage.

„Ich kehre zu dir zurück, sobald es meiner Königin besser geht. Wenn ihr überhaupt noch zu helfen ist."

Diesen letzten Satz murmelte er voller Sorge – er galt wohl eher ihm selbst als dem Jungen – dann drehte er sich nochmals zu Philipp um und sagte fürsorglich:

„Iss dich satt und ruh dich gründlich aus. Vielleicht möchtest du auch erst einmal wieder so richtig lange schlafen. Soviel ich weiß, hattest du in letzter Zeit nicht allzu viel davon."

Er winkte Philipp zu und verließ die Gemächer. Philipp blieb allein zurück. Doch gleich darauf betraten drei Diener den prunkvoll gestalteten Raum und brachten ihm die leckersten Speisen und Getränke. Da erst wurde Philipp bewusst, dass er seit Verlassen der guten Gedanken überhaupt nichts mehr gegessen hatte. Mit Heißhunger stürzte er sich auf alles, was ihm gebracht wurde. Endlich war der erste Hunger gestillt und er aß langsamer weiter.

Es gab nichts, das er nicht mit großem Wohlbehagen probierte, denn selbstverständlich setzten sich alle Speisen aus seinen Lieblingsgerichten zusammen, die die Diener kunstvoll vor ihm auf dem Tisch aufbaut hatten. Sprachlos ließ Philipp seinen Blick über die gesamte Tafel gleiten. Einen Augenblick später jedoch musste er laut über sich selbst lachen. Hatte er es denn noch immer nicht begriffen? Jeder Gedanke, der sich etwas Mühe gab, musste doch seine Lieblingsgerichte in ihm lesen können wie in einem offenen Buch! Hier, im Reich der Gedanken war das doch selbstverständlich!

Als er endlich satt war und bedauernd Messer und Gabel beiseite legte, hatte er von allem mindestens einmal probiert. Ihn überkam eine so große schläfrige Müdigkeit, dass er es gerade noch zu dem riesig großen Bett schaffte, über das sich ein großer zartblauer Baldachin aus reiner Seide spannte. Philipp bemerkte gerade noch die kunstvoll gestickten rosa und weißen Blumen auf der Bettdecke, bevor er in Sekundenschnelle fest eingeschlafen war.

Er schlief lange und traumlos. Als er die Augen öffnete, brauchte er einige Zeit, bis ihm klar wurde, wo er sich befand. Doch dann überkamen ihn die Erinnerungen an die bösen Gedanken und er fröstelte. Er zog die Bettdecke fester um sich und starrte an die Decke über sich.

Von euch lasse ich mich nicht mehr unterkriegen, niemals wieder, dachte er grimmig und warf die Bettdecke entschlossen zurück. *Immerhin ist es mir gelungen, den Kristall der Reinheit hierher zurückzubringen. Und ich lebe noch!*

Als er an den bösen Obergedanken dachte, sah er plötzlich wieder die rotglühenden leeren Augenhöhlen vor sich und hörte sein hämisches Lachen. Seine Ohren klingelten schmerzhaft und er presste die Hände fest auf sie. Doch es nützte wenig, der Lärm in den Ohren blieb. Im Gegenteil, er wurde ständig lauter!

Mit einem Satz sprang er aus dem Bett und rannte blindlings durch den Raum. Warum hatte er sich nicht sofort die Erinnerung an die bösen Gedanken untersagt! Doch nun war es zu spät. Der Schmerz in seinem Kopf war kaum mehr auszuhalten. Und das Lachen gellte lauter denn je in seinen Ohren.

Und nun meinte er auch noch, den bösen Obergedanken vor sich stehen zu sehen! Hüpfte er nicht direkt vor ihm auf und ab? So wie damals im Saal der Versammlung?

Entsetzt stierte Philipp auf den Teppich vor sich. Vor lauter Schmerzen und Angst quollen ihm fast die Augen aus dem Kopf.

Wie kommt der böse Obergedanke nur hierher ins Reich der guten Gedanken, brüllte sein Verstand panisch.

„So schnell wirst du mich nicht los, das habe ich dir doch schon einmal gesagt! Ich finde dich überall wieder, selbst im Reich der guten Gedanken! Du kannst mir nicht entkommen, ha, ha, ha, ha. Ab sofort wirst du immer und überall zu jeder Zeit und an allen Orten dieser Welt mit mir rechnen müssen! Außer du bringst den Kristall der Reinheit sofort zu mir zurück!"

In diesem Moment öffnete sich leise knarrend die Tür und die Erscheinung des bösen Obergedanken zerplatze sofort. Grauer Rauch und leichter Gestank lagen noch für einen kurzen Moment in der Luft. Erschöpft ließ der Junge sich auf den dicken Teppich fallen.

Ein Diener betrat den Raum, in den Händen eine Schale mit Obst. Er stellte die Schale sorgsam auf den Tisch, trat schnell auf Philipp zu und beugte sich höchst besorgt zu ihm herunter. Vorsichtig legte er die durchscheinende Hand auf seine Stirn. Dann richtete er sich auf und verließ im Laufschritt den großen Raum.

Philipp bekam davon nichts mit. Mit geschlossen Augen lag er hingestreckt auf dem Boden, die Hände immer noch fest auf die Ohren gepresst. Sein Körper befand sich in dem nur zu gut bekannten Erstarrungszustand, während seine Gedanken sich ins Nirgendwo geflüchtet hatten.

Er kam erst wieder zu sich, als der König der guten Gedanken sich neben ihm niederließ und energisch seinen Arm ergriff. Von ferne hörte er seinen Namen und spürte, wie durch seinen eiskalten Arm ein belebend warmer Strom fuhr.

„Was ..., was ... ist denn los, wo, wo bin ich ...?" stotterte er.

„Philipp, Philipp, hörst du mich? Wach auf! Du bist hier in Sicherheit bei den guten Gedanken, erinnere dich!"

Philipp öffnete die Augen jetzt vollständig, setzte sich benommen auf und starrte dem König der guten Gedanken mitten ins Gesicht. Seine Anspannung ließ etwas nach, als er erkannte, wer zu ihm sprach. Aber war das auch ganz sicher? War nicht bis eben noch der böse Obergedanke hier gewesen und hatte ohrenbetäubend und gellend gelacht, so dass sein ganzer Kopf immer noch vollkommen durcheinander war und dröhnte? Vielleicht war wieder alles nur Täuschung und der Böse war wieder einmal in den Körper eines anderen geschlüpft?

„Philipp, ich bin es wirklich, du bist hier in Sicherheit", wiederholte der König geduldig und schüttelte ihn sanft. Er schaute den Jungen eindringlich in die Augen. Endlich nickte Philipp beruhigt, der böse Obergedanke war tatsächlich verschwunden.

Der König der guten Gedanken seufzte erleichtert und seine Sorgenfalten glätteten sich. Philipps Bewusstsein war wieder ins Hier und Jetzt zurückgekehrt.

„Du weißt, was passiert ist?" Die Frage kam nur zögernd über Philipps Lippen.

„Ja, ich weiß, was mit dir gerade geschehen ist". Der König der guten Gedanken nickte nachdenklich.

„Komm, setzt dich zu mir an den Tisch, dort lässt es sich besser reden."

Er half Philipp auf die Beine und sie setzten sich auf die samtenen Stühle mit den würdevoll geschnitzten hohen Rückenlehnen.

„Ja, dem bösen Obergedanken ist es möglich, sich in deine Erinnerungen einzuschleichen, ganz besonders dann, wenn sie noch so frisch und deine Gefühle noch so eng mit ihm verbunden sind. Ganz offenbar hat er die Angst, die du empfunden hast, sofort gründlich ausgenutzt und sich wieder einmal in Szene gesetzt. Das passt zu ihm. Bitte, du darfst ihm nicht soviel Raum in deinem Bewusstsein geben.

Ja, er ist gefährlich, das steht außer Frage! Doch je mehr du deine Gedanken auf ihn ausrichtest und je größer die Bedeutung ist, die du ihm einräumst, desto mehr Macht gibst du ihm über dich. Schick ihn weg, bemühe dich darum, ihn aus deinen Erinnerungen zu streichen! Ich weiß, dass es nicht einfach ist, ganz besonders nach dem, was du mit ihm durchgemacht hast. Trotzdem musst du es auf jeden Fall versuchen!"

Die eindringlichen Worte erreichten Philipps Gehirn und er nickte verstehend.

Der König der guten Gedanken schwieg und betrachtete Philipp liebevoll. Dann wechselte er das Thema, um Philipp eine Atempause zu gönnen.

„Nun lass dir von meiner Königin berichten. Es geht ihr bedeutend besser, schon morgen kann sie dich selbst begrüßen und dir danken. Vorerst soll ich dir von ihr die allerbesten Grüße ausrichten", fuhr er fort.

„Jetzt aber erzähle mir genau, wie es dir im Reich der bösen Gedanken ergangen ist. Ich weiß, dass du so manch großer Gefahr entronnen bist, denn unsere guten und besten Gedankenenergien, die wir dir über den kleinen grauen Stein schickten, waren am Ende vollkommen aufgezehrt.

Wenn du davon sprichst, werden deine Erinnerungen in dir leichter, du holst sie aus dir heraus und kannst sie anschließend besser loslassen. Glaub mir, ich weiß, wovon ich spreche", fuhr er behutsam fort.

Philipp ging es jetzt wieder bedeutend besser und er war bereit, seine Erinnerungen mit dem König der guten Gedanken zu teilen. Er berichte von Anfang an und der König hörte ihm aufmerksam zu. Dem Jungen selbst kam die ganze Geschichte in diesem Moment ziemlich unglaubwürdig vor, aber der König nahm jedes seiner Worte überaus ernst.

„So dunkel ist es im Reich der bösen Gedanken geworden?", stellte er mehrmals fest. „Es war allerhöchste Zeit, dass du ihr Reich wieder verlassen hast! Dem Himmel sei Dank, dass du und der Kristall der Reinheit wieder bei uns seid!"

„Wie wirkt denn der Kristall der Reinheit bei den bösen Gedanken? Eigentlich hatten sie die ganze Zeit über eine ziemliche Angst, in seine Nähe zu kommen, sie waren wie geblendet von seinem Licht. Selbst der böse Obergedanke versuchte, ihm ständig auszuweichen. Auch wenn er immerzu beteuerte, dass der Kristall der Reinheit ihm nichts anhaben könnte."

Philipp schwieg einen Moment, dann fuhr er fort:

„Es dauerte eine Weile, doch dann habe ich begriffen, dass die schwächeren bösen Gedanken einfach in ihn hinein gesogen wurden und dann plötzlich verschwanden. Das leise Zischen werde ich nicht mehr vergessen!

Und wenn ich daran denke, was mit dem Fluchgedanken passiert ist... Wie war das möglich? Schließlich war er doch ein sehr mächtiger böser Gedanke. Der Kristall der Reinheit ist zum Leben erwacht und hat den Fluchgedanken einfach verschluckt. Der böse Gedanke war in ihm gefangen! Ich habe gesehen, wie er von innen immer wieder gegen die Kristallwand hämmerte und heraus wollte. Er hatte eine panische Angst! Dann wurde er heller und heller und löste sich im Kristall einfach so auf.

Und wie kam die Königin der guten Gedanken in den Kristall der Reinheit? Sie hat aus dem Kristall heraus zu mir gesprochen, mir eine Botschaft geschickt, die ich aber erst später wirklich verstand. Anschließend war sie ganz plötzlich wieder verschwunden und der Kristall der Reinheit wurde so dunkel, wie ich ihn vorher noch nie gesehen hatte.

Bei meiner zweiten Begegnung mit der Königin der guten Gedanken hatte ich den Kristall der Reinheit und mich auch schon endgültig aufgegeben und wollte dem bösen Oberdanken einfach nur noch alles überlassen. Mir war längst alles egal geworden. Und dann verließ sie plötzlich den Kristall und wies diesen hässlichen Widerling mit einer unglaublichen Macht einfach in seine Grenzen. Sie hat mich gerettet und er ist geflohen!

So konnte ich schließlich das Reich der bösen Gedanken verlassen", berichtete Philipp atemlos.

„Nun, das ist sehr viel auf einmal, Philipp. Lass mich versuchen, deine Fragen der Reihe nach zu beantworten.

Der Kristall der Reinheit kann dem Bösen lange widerstehen", begann der König der guten Gedanken. „Doch irgendwann ist auch seine Kraft verbraucht, wenn nicht neue, gute Gedanken ihn wieder aufladen. Mir ist zu Ohren gekommen, dass seine Kraft im Reich der bösen Gedanken bereits nachließ und sich ihm die ersten bösen Gedanken bedrohlich nähern konnten. So wie du erzählst, gelang es ihnen ja schon bis zum Eingang der Höhle vordringen, in der er untergebracht worden war. Sicherlich hätte es nicht mehr lange gedauert und sie hätten die Höhle unbeschadet betreten können.

Du selbst musstest erleben, wie es ist, dem bösen Obergedanken, der unser größter Widersacher ist, in seine entsetzlichen Augenhöhlen schauen zu müssen, die zwei rot glühenden, alles verbrennende Abgründe sind. Wenn nun die bösesten Gedanken ihre Kraft auf den bösen Obergedanken konzentriert hätten, sobald er den Kristall der Reinheit hätte berühren können, wäre alles Gute unwiederbringlich im Kristall verloschen. Doch dank deines Einsatzes ist es nicht dazu gekommen!

Als du nun in die Höhle kamst, in der der Kristall der Reinheit untergebracht war, hast du ihn wieder aufgeladen."

„Ich? Aber ich hatte das Gefühl, nur noch negativ zu sein, als ich ihn endlich zu Gesicht bekam", warf Philipp ein. „Wie konnte ich ihn da aufladen?"

Der König der guten Gedanken lächelte still über diese Frage.

„Wo immer sich Gutes begegnet, gibt es sich gegenseitig Kraft und Stärke", antwortete er leise. „Auch dann, wenn es bereits geschwächt ist. Und genau das ist geschehen: Ihr habt euch gegenseitig Kraft gegeben und Hoffnung."

Der König schwieg lange und sah nachdenklich vor sich hin. Dann fuhr er fort:

„Und nun zu deinem Erlebnis mit dem Fluchgedanken. Wir spürten voller Sorge, in welcher Gefahr du dich befandest, denn der Fluchgedanke war durchaus in der Lage, nachdem du schon so weit geschwächt warst durch die Begegnung mit dem bösen Obergedanken - nun, ich will es einmal vorsichtig ausdrücken - er war durchaus in der Lage, dir ernsthaft zu schaden. Das konnten wir auf keinen Fall zulassen.

Es ist uns durch eine Art gute Magie möglich, über die ich dir nicht viel berichten darf, für eine sehr kurze Zeit einzugreifen. Ein sehr reiner, guter Gedanke kann durch Einsatz seiner ganzen Energie kurzfristig durch den Kristall der Reinheit jemanden, der ihm sehr wichtig ist, eine Botschaft übermitteln. Und genau das hat die Königin der guten Gedanken bei eurer ersten Begegnung getan. Aber ihre Energie hat nur für wenige Worte gereicht, dann habe ich dafür gesorgt, dass die Verbindung abbrach, sonst hätte es sie ihre Existenz gekostet. Als ich sie zurückholte, hat sie wohl mit letzter Kraft dem Kristall der Reinheit den Impuls gegeben, dir auf seine Weise zu helfen. Schließlich ist sie ja auch seine Königin und er muss ihrem Befehl folgen!

Und deine zweite Begegnung mit ihr, ja, da hat sie dir tatsächlich in gewisser Weise *dein* Leben gerettet. Zwar hättest du überlebt, doch wärest du nie mehr derselbe gewesen. Sobald der böse Obergedanke die Gelegenheit dazu bekommen hätte, wärest du von ihm in eine geistlose Marionette verwandelt worden, abhängig von seinem Einfluss und seiner Macht. *Den* Philipp, den wir kennen gelernt haben, hätte es nie mehr gegeben, wäre verloren gewesen auf alle Zeit. Du hättest das Reich der bösen Gedanken zwar verlassen können, wärest aber immer in der Abhängigkeit des bösen Obergedanken geblieben."

Philipp fröstelte bei dieser Vorstellung, was aus ihm hätte werden können. Seine Dankbarkeit für die Königin der guten Gedanken wuchs ins Unendliche.

„Und... hat ihr das sehr geschadet?"

„Ja, sehr, sie hätte es auch diesmal fast nicht überlebt. Doch ließ sie sich nicht davon abbringen, es trotzdem zu tun. Sie wusste um die Gefahr, die für sie damit verbunden war. Doch ist sie ziemlich starrsinnig, musst du wissen und es war der einzige Weg, dich zu retten.

Aber keine Angst, meiner Königin geht es jetzt bereits wieder bedeutend besser. Anfangs war ich in allergrößter Sorge um sie, aber sie ist zäh und tapfer. Ich glaube sie wollte einfach sehen, ob sie mit ihrem Auftritt Erfolg haben würde."

Der König der guten Gedanken schmunzelte. „Sie hatte schon immer ihren ganz eigenen Kopf."

Philipp nickte und grinste ebenfalls. Der Humor des Königs war ansteckend und nahm dem Gespräch die Schwere.

Dann verdankte er seine Rettung wohl einzig der Königin der guten Gedanken, schlussfolgerte er.

„Im Grunde allen guten Gedanken, denn wir alle haben unsere Königin natürlich mit unseren Energien versorgt", ergänzte der König der guten Gedanken. „Wir sind alle durch unsere Energien miteinander ständig verbunden und sorgen füreinander. Aber es gibt immer einen, der eine Aufgabe übernimmt und nach vorne tritt.

Aber nun zu dir zurück. Dir verdanken wir unsere Rettung", sagte der König der guten Gedanken leise. „Wärest du nicht mutig ins Reich der bösen Gedanken gegangen, um uns unseren Kristall der Reinheit zurück zu bringen, würden inzwischen einige von uns vermutlich nicht mehr unter uns weilen. Sie waren durch den Verlust des Kristalls der Reinheit bereits arg geschwächt, schon bevor du aufbrachst.

Schon als du mit dem Kristall der Reinheit auf dem Rückweg warst, verbesserte sich bereits das Wohlergehen einiger geschwächten Gedanken, so dass sie dich bereits außerhalb unseres Reiches begrüßen konnten.

Du siehst, auf ganz eigene Weise kommt alles immer wieder ins Gleichgewicht - so soll es wohl sein!

Aber nun lass mich dir noch folgendes sagen: Die Königin der guten Gedanken und ich und unser gesamtes Volk werden dein ganzes Leben lang tief in deiner Schuld bleiben. Du hast uns nicht nur den Kristall der Reinheit zurückgebracht, sondern uns gleichzeitig auch die Gewissheit zurückgegeben, dass das Gute erhalten bleibt und wieder wachsen wird.

Aber nicht nur uns hast du die Hoffnung zurückgebracht, sondern du hast sie auch in deine Welt zurück getragen, obwohl ich ganz stark davon ausgehe, dass die Menschen es dir nicht wirklich danken werden, da die meisten unter ihnen es noch überhaupt nicht begriffen haben, was hier in unseren Reichen - der guten und der bösen Gedankenwelt - geschehen ist. Nur wenige werden gespürt haben, wie sich alles mehr und mehr zum Negativen gewendet hat. Nun aber gibt es auch für sie wieder einen Lichtblick, auch wenn es die meisten im Moment noch nicht so recht zu schätzen wissen."

Philipp nahm die eindringlichen Worte des Königs der guten Gedanken in sich auf, begriff aber nicht, was er ihm damit sagen wollte. Er hatte nicht nur das Reich der guten Gedanken gerettet und ihnen die Hoffnung zurückgegeben, sondern auch dazu beigetragen, dass in seiner eigenen Welt das Gute wieder zunahm?

Verwirrt schüttelte er den Kopf und beschloss, später ernsthaft darüber nachzudenken.

Der König der guten Gedanken lächelte verständnisvoll. Er wusste, dass Philipp eines Tages verstehen würde, was er ihm gesagt hatte. Er sah, dass seine Worte in Philipps Herz gefallen waren und dort geduldig darauf warteten, von ihm verstanden zu werden.

Am nächsten Tag wurde im Reich der guten Gedanken ein großes Fest gefeiert. Die Haut sämtlicher guter Gedanken hatte inzwischen wieder einen leuchtenden Schimmer angenommen. Auch die Traurigkeit war vollständig aus den Gesichtern verschwunden. Welchen der guten Gedanken Philipp auch betrachtete, alle waren sie ausnahmslos glücklich, lächelten und umarmten sich. Einige sangen fröhlich, allein oder im Chor und es hörte sich an wie mehrstimmiges Vogelgezwitscher.

Die fröhliche Stimmung, die überall herrschte, ließen Philipps schweren Gedanken, die ihn hin und wieder überfielen und dem Fluchgedanken oder dem bösen Obergedanken galten, schnell verblassen. Er ließ sich von der ausgelassenen Stimmung mitreißen und schloss sich dem Tanz der guten Gedanken begeistert an.

Natürlich war Philipp der Ehrengast und saß beim Festmahl zwischen der Königin und dem König der guten Gedanken. Die Königin hatte ihn herzlich in die Arme geschlossen und vor lauter Freude waren ihr die Tränen die zarten Wangen herab gelaufen. Ihr Gesicht wirkte noch etwas ausgezehrt, doch die Wangen schimmerten schon fast wieder im alten, rosigen Glanz.

Sie ist wirklich die Allerschönste hier, schwärmte Philipp, ganz vergessend, dass seine Gedanken sofort von allen gelesen werden konnten.

Der König der guten Gedanken lachte hell auf und zwinkerte ihm vergnügt zu. Dann meinte er gutmütig: „Das muss auch so sein, schließlich sind wir doch im Reich der guten Gedanken und ihr Menschen stellt euch auch genau so eine Königin vor!"

Die Königin der guten Gedanken freute sich über das Kompliment und ihre Haut schimmerte noch einen Hauch rosiger.

Das Fest dauerte viele Tage nach Philipps Zeitgefühl. Es gefiel ihm sehr, obwohl er meinte, dass einfach zuviel Aufheben um seine Person gemacht wurde.

Allmählich erholte er sich von den Strapazen seiner Abenteuer und auch die Erinnerung an den bösen Obergedanken wurde zunehmend schwächer. Das trug viel zu Philipps Erholung bei und hin und wieder begann er bereits an seine Familie zu denken. Wie es wohl seinen Eltern erging und der kleinen Schwester? Dabei fielen ihm wieder siedend heiß die Schularbeiten ein und dass er versprochen hatte, pünktlich zum Abendessen zurück zu sein. Seine Mutter musste sich längst um ihn sorgen.

„Du brauchst keine Angst zu haben, du wirst rechtzeitig heimkehren", versprach die Königin der guten Gedanken, die auch diese Gedanken gelesen hatte.

„Wann immer du möchtest, kannst du aufbrechen. Der Delfin bringt dich sicher zurück in deine Welt. Und noch etwas möchte ich dir sagen, worüber du gerade nachdenkst, weder deine Eltern noch deine kleine Schwester werden dich vermisst haben die Zeit über. Für sie ist nur ein einziger Nachmittag vergangen, für dich aber mehrere Wochen."

Philipp nickte verlegen, nicht immer war es angenehm, dass alle hier mitbekamen, welchen Gedanken er gerade dachte.

„Du brauchst deshalb nicht verlegen zu sein, Philipp, dass wir immer sofort erfassen, was dir durch den Kopf geht. Jeder gute Gedanke wird sich respektvoll sofort zurückziehen, sobald ihm bewusst wird, dass du es nicht willst. Nur wir beide, du und ich, sind auf besondere Weise miteinander verbunden."

Der höchste Ort des Schlosses

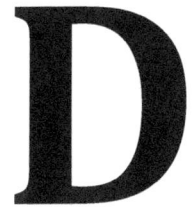

Viel später erst erinnerte sich Philipp wieder daran, dass der König der guten Gedanken ihn gebeten hatte, ihn zu begleiten und wie er ihm allein und schweigend durch das Schloss gefolgt war. Sie liefen unzählige Treppen und Flure entlang und stiegen immer höher nach oben. Philipp fragte sich schon, was der König der guten Gedanken mit ihm vorhaben könnte, als sie endlich eine schmale Tür erreichten, vor der der König stehen blieb.

„Wir sind da", meinte er leise und wartete einen Moment, bevor er die Tür bedächtig öffnete. Neugierig folgte Philipp ihm in einen kreisrunden Raum, der vollständig ausgeleuchtet wurde von einem sanften grünlichen Licht. Philipp begriff sofort, wo er sich befand: Der König der guten Gedanken hatte ihn zum Kristall der Reinheit gebracht. Ehrfürchtig trat der Junge einige Schritte vor und blieb dann stehen. Der Kristall der Reinheit war noch größer als er ihn in Erinnerung hatte. Er stand inmitten des Raumes auf einem kleinen purpurfarbenen Sockel.

Der Raum musste, wie Philipp jetzt erkannte, der höchst gelegene im ganzen Schloss sein. Der warme Schein des Kristalls der Reinheit drang durch die offen stehenden Fenster, die den Raum ringsherum umgaben und strahlte weit hinaus ins Reich der guten Gedanken. Philipp trat an eines der hohen Fenster, das wie alle anderen auch, weit oben in einem eleganten Rundbogen endete. Nachdenklich blickte er hinaus. Tief unter sich sah er die guten Gedanken miteinander feiern und tanzen.

„Sie sind ausgelassen und glücklich wie schon lange nicht mehr", meinte der König der guten Gedanken und trat neben den Jungen. Er legte seine Hand auf Philipps Schulter und der Junge spürte die Wärme angenehm durch den Pullover dringen. „Und du hast ihnen dieses Glück geschenkt, indem du deine Zweifel überwunden und ins Reich der bösen Gedanken gezogen bist – unseretwegen! Möge dieses Glück auch in dein Herz einziehen!"

Philipp schaute betreten zu Boden.

„Ach", wehrte er ab, „ich war ja selbst neugierig, wie es bei den bösen Gedanken so aussieht. Wenn ich schon die Gelegenheit dazu bekomme, wäre ich schön dumm gewesen, sie nicht auch zu nutzen."

Der König der guten Gedanken antwortete nicht darauf, sondern lächelte nur still. Philipp wandte sich wieder dem Kristall der Reinheit zu. Hier im Raum war alles, ganz im Gegensatz zu den übrigen Räumen und Sälen, die er im Schloss gesehen hatte, symmetrisch angeordnet und schwang in der Harmonie des Kristalls der Reinheit, von der sich Philipp sofort wieder magisch angezogen fühlte.

Er trat näher an den Kristall der Reinheit heran. Ab und zu bemerkte er ein leichtes Flackern innerhalb des Kristalls und hörte das ihm wohlbekannte leise Zischen.

„Der Kristall der Reinheit hat seine Arbeit wieder aufgenommen", erklärte der König der guten Gedanken. „Wie du dir denken kannst, muss hier sehr viel von dem Bösen erlöst werden. Es wird wohl noch eine ganze

Weile dauern, bis der ursprünglich positive Zustand in unserem Reich wieder ganz hergestellt ist.

Doch bin ich zuversichtlich, dass dies vollständig geschehen wird, falls uns der böse Obergedanke in Ruhe lässt und keine neuen Pläne gegen uns schmiedet. Er hat das Gleichgewicht noch nicht begriffen, das zwischen uns herrschen muss."

Philipp trat jetzt ganz nah an den Kristall der Reinheit heran und legte vorsichtig beide Handflächen auf seine warme Oberfläche. Sofort fühlte er sich in den Kreislauf aus Glück und Zufriedenheit einbezogen. Er schloss die Augen und dankte dem Kristall der Reinheit für seine Hilfe. Bisher hatte es dafür keine Gelegenheit gegeben. Er blieb still stehen und atmete tief ein und aus.

„So kann es eine Ewigkeit bleiben", seufzte er zufrieden und lächelte glücklich.

Der König der guten Gedanken ließ ihn gewähren und zog sich in den hinteren Teil des Raumes zurück.

Plötzlich fühlte Philipp sich sanft immer weiter nach oben zogen und er schwebte mit einem Mal hoch über dem Meer. Von hier oben sah das Wasser wunderschön aus. Blau und grün bewegte es sich unter ihm und überall bemerkte er auf der Wasseroberfläche goldgelbe Lichtblitze. *Reflektiert das Wasser die Sonne? Aber der Himmel ist bedeckt und die Sonne dringt nicht durch die Wolkendecke! Was mag das sein?* Doch bevor sich sein Blick auf die Lichtblitze einstellen konnte, änderte sich das Bild unter ihm. Er flog jetzt über das Festland und jagte rasend schnell voran. Voller Begeisterung breitete er die Arme aus als ob er fliegen würde.

Der Wind pfiff ihn in den Ohren und er bekam kaum genug Luft durch die Schnelligkeit des Fluges.

„Juhuuuu", rief er laut in den Wind und lachte übermütig.

Dann sah er sie wieder, die eigenartigen goldgelben Lichtblitze diesmal aber auf dem Erdboden. Sie entstanden in dem Moment, wenn er über den Boden hinweg flog. Woher kamen sie? Was hatten sie für eine Bedeutung? Hatte *er* etwa mit ihnen zu tun? Und waren sie ein gutes oder eher ein schlechtes Zeichen?

Schlagartig ließ seine Begeisterung nach und machte einer eigentümlichen Verwirrung Platz. Hoffentlich schadeten sie der Erde nicht!

„Es ist das Gute, dass durch die Rettung des Kristalls der Reinheit auf die Erde zurückkehrt, Philipp", hörte er aus der Ferne den König der guten Gedanken antworten. „Der Kristall der Reinheit hat dir diese Einsicht geschenkt, damit du den Wert deiner Tat nicht unterschätzt."

Erleichtert verfolgte Philipp die anderen Lichtblitze unter sich und er fand sie plötzlich wunderschön. Jetzt entdeckte er auch, dass die Menschen, die sich in der Nähe der Lichtblitze befanden, plötzlich viel freudiger aussahen. Er kniff die Augen zusammen und konnte sie zufrieden lächeln sehen. Vielleicht hatte der König der guten Gedanken ja Recht und die Rettung des Kristalls der Reinheit hatte eine weit größere Bedeutung als er bisher vermutet hatte. In ihm breitete sich ein wunderbares Gefühl der Leichtigkeit aus.

Wieder hörte er den König der guten Gedanken sprechen, doch noch war er nicht bereit, sich stören zu lassen. Er wollte einfach nur weiterfliegen und sein Glücksgefühl genießen. Er versuchte die Worte des Königs zu überhören, doch schließlich wurden sie so eindringlich, dass er sie nicht weiter ignorieren konnte.

„Philipp, es ist an der Zeit, hierher zurückzukehren. Löse dich von den Bildern und komme zurück ins Reich der guten Gedanken!"

Widerwillig beugte sich Philipp dem Wunsch des Königs und kehrte in den höchsten Raum des Schlosses zurück. Langsam löste er seine Hände von der Oberfläche des Kristalls der Reinheit und hörte den König der guten Gedanken erneut sagen:

„Philipp, es wird Zeit, den Kristall der Reinheit wieder zu verlassen. Wir werden unten erwartet."

Noch ganz berauscht von den Glücksgefühlen folgte Philipp dem König aus dem Raum, nicht aber ohne einen allerletzten langen Blick auf den Kristall der Reinheit zu werfen. Der Kristall würde in seiner Erinnerung immer einen ganz besonderen Platz einnehmen. Er spürte einen wehmütigen Schmerz in seinem Herzen, als der König der guten Gedanken die Tür hinter ihm wieder leise ins Türschloss fallen ließ.

Genauso schweigend wie sie die vielen Treppen und Flure auf dem Hinweg durchquert hatten, kehrten sie zu den feiernden guten Gedanken zurück.

Abschied und Heimkehr

Endlich fasste Philipp den Entschluss, das Volk der guten Gedanken zu verlassen und nach Hause zurückzukehren, denn seine Sehnsucht nach seiner Familie wuchs mit jedem Tag.

Wieder versammelte sich das gesamte Volk der guten Gedanken, diesmal jedoch, um ihn zu verabschieden. Die vielen guten Wünsche, die er mit auf den Weg bekam, berührten ihn sehr und machten ihn stolz und glücklich.

Zum Abschied schenkte ihm die Königin der guten Gedanken eine feine hauchdünne Kette mit einem zarten Anhänger, der aus einem Splitter vom Kristall der Reinheit bestand. Er war klein und zart, so dass er nur durch seinen grünlichen Schimmer auf Philipps Brust zu erkennen war. Wer nicht genau hinsah würde ihn kaum erkennen können.

„Wann immer du in Zukunft böse Gedanken in gute verwandeln musst oder willst, wird dir dieser Splitter vom Kristall der Reinheit dabei helfen. Trage ihn stets um den Hals und nutze ihn mit Verantwortung. Du weißt jetzt, was Gedanken in eurer und in unserer Welt bedeuten und bewirken können!"

Bei diesen Worten schossen Philipp blitzartig die Bilder durch den Kopf, als er gemeinsam mit dem Kristall der Reinheit über die Erde geflogen war. Die Königin der guten Gedanken fuhr fort:

„Der Splitter wird dir beistehen, auch dann, wenn böse Gedanken versuchen sollten, dich zu erreichen. Aber wir glauben nicht, dass dies sobald geschehen wird. Denn im Augenblick sind sie geschwächt und zu sehr mit ihrem eigenen Selbstmitleid beschäftigt."

Philipp nickte und hoffte das auch. Denn im Moment verspürte er nicht die geringste Lust, dem bösen Obergedanken erneut über den Weg zu laufen.

Den kleinen grauen Stein, durch den er mit dem Volk der guten Gedanken während seiner Reise ins Reich der bösen Gedanken stets in Verbindung gestanden hatte, durfte er ebenfalls behalten.

„Auch ihn verwahre gut. Achte darauf, dass er niemals in falsche Hände gerät. Denn derjenige, in dessen Besitz er sich befindet, kann sich jederzeit auch mit uns in Verbindung setzen. Je nachdem, wem er in die Hände fällt, kann das für uns Gutes, aber leider auch sehr Schlechtes bedeuten. Deshalb passe gut auf ihn auf und hüte ihn sorgfältig! Dir vertrauen wir ihn gerne an, damit du, wann immer du möchtest, wieder mit uns in Kontakt treten kannst."

Philipp war sehr stolz auf diese Geschenke. So würden ihm nicht nur die Erinnerungen an seine Abenteuer bleiben, sondern auch diese wundervollen und sehr nützlichen Gaben.

Er dachte an seine Freunde Zuhause, aber vielmehr noch an die, die nicht seine Freunde waren. Sie würden ihn in Zukunft kaum noch etwas anhaben können! Nach all dem, was er im Reich der bösen Gedanken erlebt hatte, würden ihm der Spott, die Hänseleien und bösen Seitenhiebe nicht mehr so tief unter die Haut gehen, solange es ihm gelang, in seinen eigenen guten Gedanken zu bleiben. Und dabei würden ihn der Splitter und der kleine graue Stein bestens helfen können!

Als sich hinter Philipp endgültig das Tor zum Volk der guten Gedanken schloss, wurde sein Herz noch einmal schwer. Er hatte hier soviel erfahren und begriffen wie während seiner ganzen bisherigen Schullaufbahn nicht, so meinte er jedenfalls. All diese Erkenntnisse und Erlebnisse erschienen ihm viel, viel wichtiger als das Lösen irgendwelcher Matheaufgaben oder das stupide Schreiben von Deutschdiktaten.

So hing er seinen Gedanken und Gefühlen nach und vermochte sich im Grunde genommen kaum wirklich von den guten Gedanken zu trennen. Sie waren ihm in der kurzen Zeit zu Freunden und Verbündeten geworden. Ganz so, wie der Delfin es voraus gesehen hatte. Aber warum musste er eigentlich fort von ihnen?

Musste er das denn wirklich? Noch während er sich an der Rückenflosse seines Freundes festhielt und wieder langsam an die Meeresoberfläche aufstieg, hing er dieser Frage nach.

Waren die Gedanken nicht ein Teil von ihm und nahm er sie damit nicht auch mit sich? Und war er nicht durch seine eigenen guten Gedanken ständig mit dem Volk der guten Gedanken verbunden? Es gab noch vieles, worüber er nachdenken musste!

Die ersten Sonnenstrahlen trockneten sogleich die Wassertropfen auf seinem Gesicht. Zunächst war er so sehr von der Helligkeit der Sonne geblendet, dass er lieber die Augen geschlossen hielt und nur dem Rauschen des Wassers lauschte, das an seinem Körper entlang strich, während der Delfin ihn in Ufernähe zog. Doch dann öffnete er sie und atmete gleichzeitig tief die salzige frische Meeresluft ein.

Die Gedanken in seinem Kopf schlugen noch immer Purzelbäume. Um sie zur Ruhe zu bringen sah er angestrengt zu dem rasch näher kommenden Ufer hinüber.

Als sie den Strand fast erreicht hatten und der Junge wieder stehen konnte, hatte sich in seinem Kopf wieder Klarheit eingestellt und er streichelte seinem Freund liebevoll über die Rückenflosse.

„Ich danke dir für alles. Du hattest Recht, es war richtig, zu den guten Gedanken zu reisen. Ich konnte ihnen helfen und habe dabei selbst viel gelernt. Danke.

Werden wir uns wiedersehen?", fügte er leise fragend hinzu.

„Das liegt allein an dir. Ich werde auf dich warten. Wann immer du mich rufst, bin ich wieder zur Stelle", antwortete der Delfin ernst.

„Und kannst du mich noch einmal zum Volk der guten Gedanken bringen?"

„Diese Entscheidung treffen allein der König und die Königin der guten Gedanken. Diese Frage kann ich dir nicht beantworten. Aber da sie dir den kleinen grauen Stein geschenkt haben, mit denen du dich mit ihnen jederzeit in Verbindung setzen kannst, ist das bestimmt möglich."

Zärtlich sah der Delfin den Jungen an.

„Kehre nun zum Strand zurück, zieh dich an und geh nach Hause. Deine Eltern erwarten dich bereits."

Philipp streichelte noch einmal über die seidige glatte Haut des Freundes.

Der Delfin nickte ihm verabschiedend zu und schwamm zurück ins offene Meer. Philipp blickte ihm nachdenklich nach, bis er ganz verschwunden war. Erst dann stapfte er ans Ufer.

Er hockte sich mit hoch gezogenen Knien auf den Strand und ließ seine Haut von der Sonne trocknen. Dann zog er langsam seine Kleidung wieder an, die noch genauso verstreut, wie er sie hingeworfen hatte, im Sand lag und machte sich auf den Weg nach Hause.

Seine Mutter stand vor der Haustür und schaute ihm entgegen, neben ihr stand sein Vater, der ihm liebevoll durchs Haar fuhr, als er beide erreicht hatte.

„Es ist gut, dass du schon etwas früher zurück bist", begrüßte ihn seine Mutter, „dein Vater konnte heute seine Arbeit eher beenden, so dass wir jetzt alle zusammen noch den Sonnenuntergang betrachten können."

Philipp schaute sie verwirrt an. Es war noch nicht einmal Abend?

„Was ist los, Junge?" fragte sein Vater, dem Philipps Verwirrung sofort auffiel.

„Ach, ist nicht so wichtig. Mir ist da gerade nur etwas eingefallen. Sag mal, welche Bedeutung hat die Zeit?"

Nun war es an seinem Vater, verwirrt auszusehen. „Wie kommst du denn gerade jetzt darauf?", gab er zurück.

„Oh, das ist eine lange Geschichte, vielleicht werde ich sie später mal erzählen."

„Dann lasst uns jetzt auf die Düne gehen, bevor die Sonne ganz verschwunden ist", meinte seine Mutter und nahm die kleine Schwester an die Hand. „Es ist so selten geworden, dass wir uns den Sonnenuntergang zusammen ansehen können."

Gemeinsam begaben sie sich zu der großen Düne und setzten sich auf den Dünenkamm. Lange saßen sie dort und sahen still auf das Meer hinaus, über dem die Sonne in ihren allerschönsten Farben gerade hinter dem Horizont verschwand. Die kleine Schwester wurde bald müde und schlief in den Armen der Mutter ein.

Philipps Gedanken wanderten wieder zum Volk der guten Gedanken zurück. Er fühlte den kleinen grauen Stein in seiner Hosentasche und drückte ihn fest. Dabei schickte er Grüße zu seinen Freunden. Und dann fiel ihm noch eine wichtige Frage ein, die er vergessen hatte, dem König der guten Gedanken zu stellen. Wie eigentlich war der Kristall der Reinheit ins Reich der bösen Gedanken gelangt? Wer hatte ihn dorthin geschafft?

Warum hatte er nur vergessen, sich hier nach zu erkundigen? Nun musste diese Frage erst einmal unbeantwortet bleiben. Doch vielleicht würde sich zu einem späteren Zeitpunkt die Gelegenheit ergeben, hierauf eine Antwort zu bekommen.

Er nahm sich fest vor, nicht allzu viel Zeit verstreichen zu lassen, um das Volk der guten Gedanken wieder zu besuchen.

Für einen Augenblick meinte er in weiter Ferne, die Umrisse des Delfins im Wasser zu erkennen. Doch vielleicht hatte er sich auch nur getäuscht, denn die untergehende Sonne blendete so stark, dass alle Umrisse auf der Wasseroberfläche verschwammen.

Und dann fiel ihm doch noch eine wichtige Frage ein, die er seinen Eltern unbedingt stellen musste:

„Sagt mal, leben hier bei uns Delfine?"

Seine Mutter schaute ihn lange an. Dann schüttelte sie den Kopf und meinte verwundert:

„Du solltest eigentlich wissen, Philipp, dass Delfine nur in wärmeren Gewässern leben können. Bei uns würden sie nicht lange überleben, es ist einfach zu kalt hier."

Sein Vater schaute ihn überrascht an und meinte:

„Du stellst aber heute eigenartige Fragen. Worüber hast du dich denn am Nachmittag mit deinen Freunden unterhalten?"

Philipp grinste seinen Vater breit an und schwieg. Wie gesagt, das war eine lange Geschichte und heute wollte er sie nicht mehr erzählen. Er umfasste den kleinen grauen Stein in seiner Hosentasche und drückte ihn erneut. War es Einbildung oder wurde er angenehm warm in seiner Hand? Ihm gefiel die Vorstellung, dass er mit den guten Gedanken gerade jetzt in Verbindung stand.

Als sie endlich zurück ins Haus gingen, fiel ihm siedend heiß ein, dass er seine Hausaufgaben ganz und gar vergessen hatte. Und jetzt war es schon ziemlich spät. Leise schloss er die Zimmertür hinter sich, öffnete schuldbewusst seine Schultasche und nahm sein Schreibheft heraus. Hastig blätterte er die Seiten durch und starrte verblüfft auf die letzte beschriebene Seite. Dort standen die gesamten Hausaufgaben bereits in seiner aller schönsten Sonntagsschrift!

Er lächelte erleichtert und dankte dem Volk der guten Gedanken. Und von fern her meinte er die Stimme der

Königin der guten Gedanken zu hören, die ihm zurief, das wäre doch das Wenigste, das sie für ihn hätten tun können, nachdem er das Reich der guten Gedanken vor dem Untergang bewahrt hatte.

Danksagung

Mein erster Dank gilt meinem Sohn. Er gab mir den Impuls zu dieser Geschichte, als er mich vor vielen Jahren danach fragte, was Gedanken sind und was sie in der Welt bewirken.

So setzte ich mich abends an sein Bett und begann zu erzählen. Aus ersten Gedanken bildeten sich Worte, aus ihnen wurden Sätze und aus den Sätzen entstanden die Abenteuer, die Philipp und mein Sohn nun gemeinsam erlebten. So fing ich an, die Geschichte aufzuschreiben, um meine Ideen und Gedanken festzuhalten.

Lange lag das Script vergessen in der Schublade, bis es mir eines Tages wieder in die Hände fiel. Ich begann mit der Überarbeitung, denn mein Anspruch an Stil und Inhalt waren inzwischen gewachsen.

Doch erst die begeisterten und nachdenklichen Reaktionen der Menschen, die das Script lasen, machten mir Mut, konsequent an meiner Buchidee festzuhalten und sie umzusetzen!

Euch alle möchte ich an dieser Stelle fest in die Arme schließen und euch gute Gedanken der Dankbarkeit senden! Jeder von euch hat mir auf seine ganz persönliche Art geholfen: Hat an mich geglaubt, das Script Korrektur gelesen, es kritisch hinterfragt oder bei dem abschließendem Layout an meiner Seite gesessen. Danke!

Mein abschließender Dank richtet sich an den Verlag tredition, der diese Veröffentlichung möglich machte.

www.tredition.de

Über tredition

tredition wurde 2006 in Hamburg gegründet. Seitdem hat tredition mehrere tausend Buchtitel veröffentlicht. Autoren veröffentlichen in wenigen leichten Schritten gedruckte Bücher, e-Books und audio-Books. tredition hat das Ziel, die beste und fairste Veröffentlichungsmöglichkeit für Autoren zu bieten.

tredition wurde mit der Erkenntnis gegründet, dass nur etwa jedes 200. bei Verlagen eingereichte Manuskript veröffentlicht wird. Dabei hat jedes Buch seinen Markt, also seine Leser. tredition sorgt dafür, dass für jedes Buch die Leserschaft auch erreicht wird.

Im einzigartigen Literatur-Netzwerk von tredition bieten zahlreiche Literatur-Partner (das sind Lektoren, Übersetzer, Hörbuchsprecher und Illustratoren) ihre Dienstleistung an, um Manuskripte zu verbessern oder die Vielfalt zu erhöhen. Autoren vereinbaren direkt mit den Literatur-Partnern die Konditionen ihrer Zusammenarbeit und partizipieren gemeinsam am Erfolg des Buches.

Das gesamte Verlagsprogramm von tredition ist bei allen stationären Buchhandlungen und Online-Buchhändlern wie z.B. Amazon erhältlich. e-Books stehen bei den führenden Online-Portalen (z.B. iBookstore von Apple oder Kindle von Amazon) zum Verkauf.

EINE BUCHREIHE ODER VERLAG GRÜNDEN

Seit 2009 bietet tredition sein Verlagskonzept auch als sogenanntes "White-Label" an. Das bedeutet, dass andere Personen oder Institutionen risikofrei und unkompliziert selbst zum Herausgeber von Büchern und Buchreihen unter eigener Marke werden können. tredition übernimmt dabei das komplette Herstellungs- und Distributionsrisiko.

Zahlreiche Zeitschriften-, Zeitungs- und Buchverlage, Universitäten, Forschungseinrichtungen, u.v.m. nutzen diese Dienstleistung von tredition, um unter eigener Marke ohne Risiko Bücher zu verlegen.

Alle Informationen im Internet:

www.tredition.de/Buchverlage

Zeitfracht Medien GmbH
Ferdinand-Jühlke-Straße 7
99095 Erfurt, Deutschland
produktsicherheit@kolibri360.de